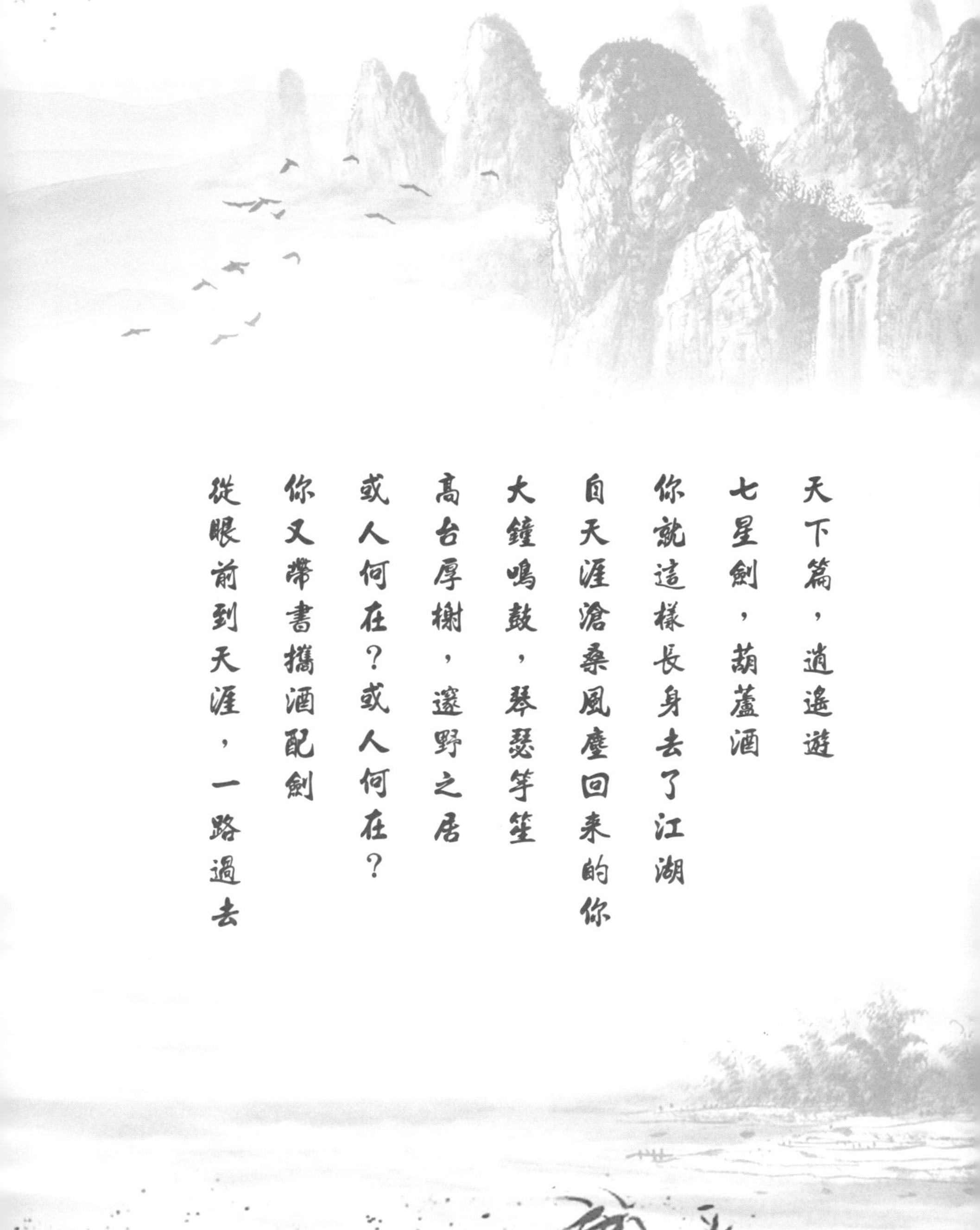

天下篇，逍遙遊
七星劍，葫蘆酒
你就這樣長身去了江湖
自天涯滄桑風塵回来的你
大鐘鳴鼓，琴瑟竽笙
高台厚榭，邃野之居
或人何在？或人何在？
你又帶書攜酒配劍
從眼前到天涯，一路過去

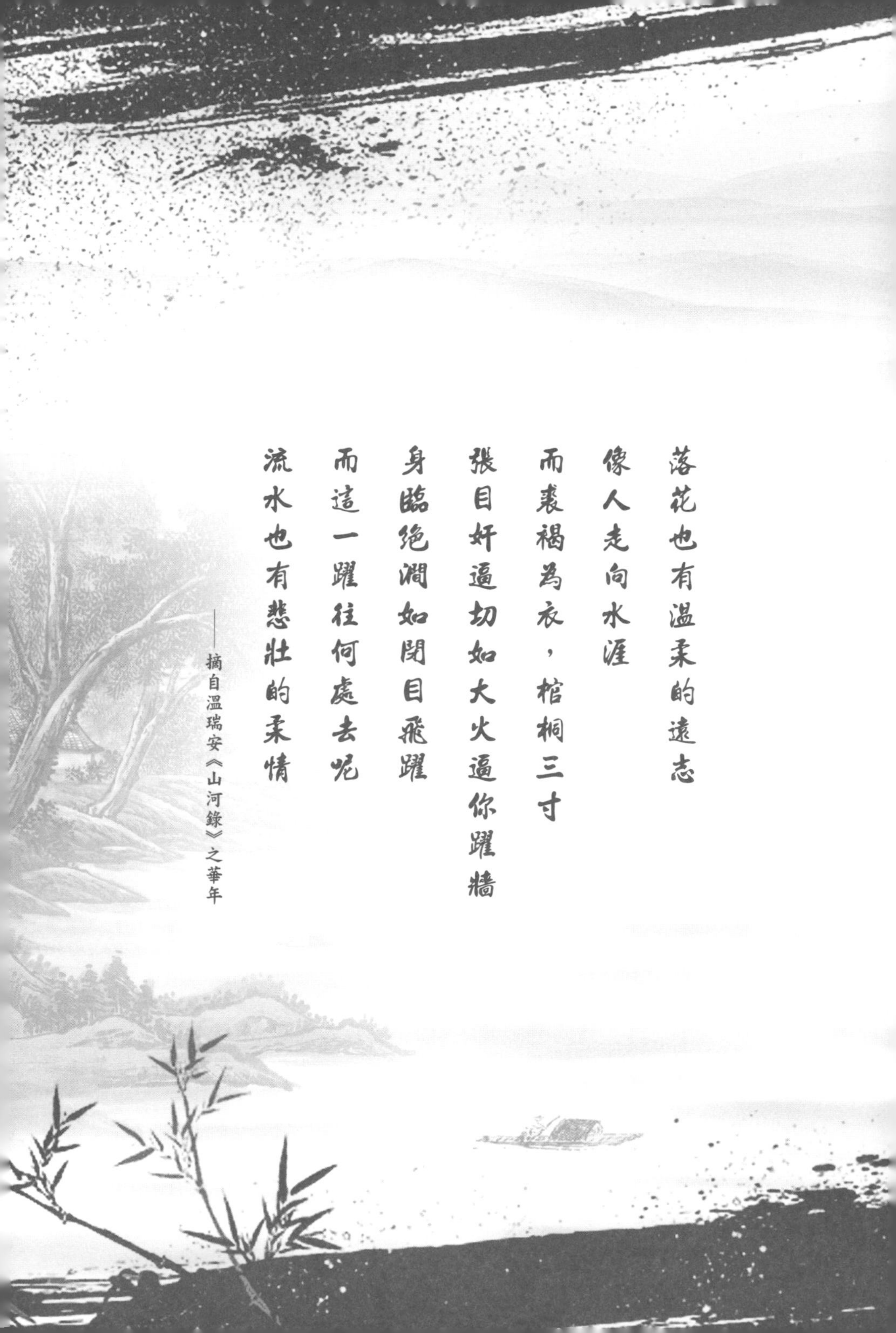

落花也有溫柔的遠志
像人走向水涯
而裘褐為衣，棺桐三寸
張目奸逼切如大火逼你躍牆
身臨絕澗如閉目飛躍
而這一躍往何處去呢
流水也有悲壯的柔情

——摘自溫瑞安《山河錄》之華年

天下篇，逍遙遊

七星劍，葫蘆酒

你就這樣長身去了江湖

自天涯滄桑風塵回來的你

大鐘鳴鼓，琴瑟竽笙

高台厚榭，遼野之居

或人何在？或人何在？

你又帶書攜酒配劍

從眼前到天涯，一路過去

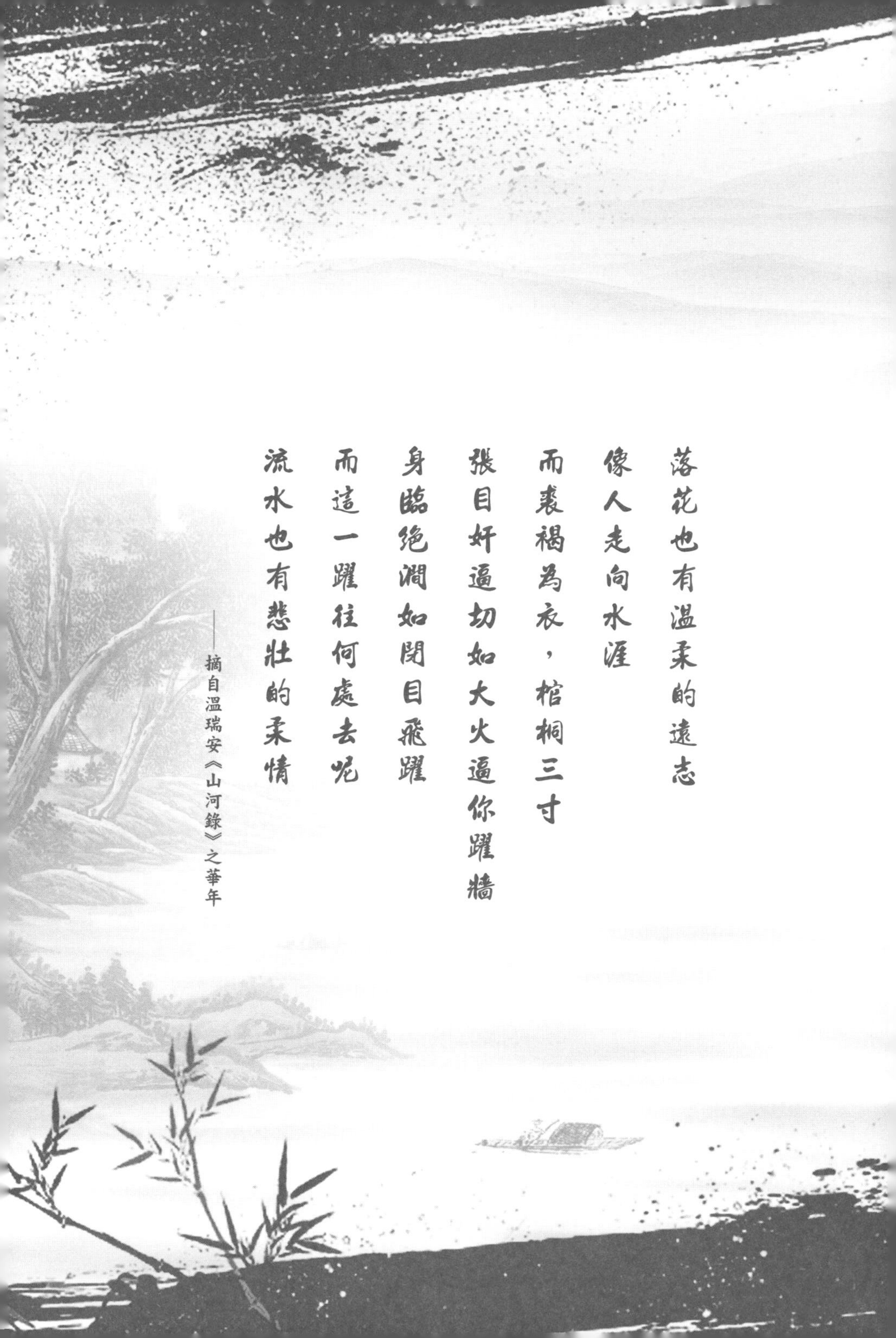

落花也有溫柔的遠志
像人走向水涯
而裘褐為衣，棺桐三寸
張目奸逼切如大火逼你躍牆
身臨絕澗如閉目飛躍
而這一躍往何處去呢
流水也有悲壯的柔情

——摘自溫瑞安《山河錄》之華年

四大名捕會京師

1

【兇手·血手】

武俠經典新版

四大名捕系列

溫瑞安 著

永遠求新求變求突破的溫瑞安武俠美學

劍氣簫心

陳曉林

眼前萬里江山，似曾小小興亡。

如果在人們的想像中，古之俠者的形象就如在沈沈黑夜中劃破天穹的流星，以一霎時燦爛輝煌的光芒，觸動了深埋在內心某一角落的高尚情愫，例如對人間正義的憧憬，對生命價值的追尋，對現實困頓的掙脫；那麼，藉著抒寫俠者的故事來召喚或呼應這一抹燦爛輝煌的光芒，歸根結柢，是在呈現一種浪漫的、詩意的生命情調。

在當前時代，高科技的聲光化電、特殊效果，多媒體的視聽傳播、另度空間，儼然已成爲人們生活的一部分。而《臥虎藏龍》、《英雄》等影片，在影像藝術和商業運作上的成功，似乎反而爲華文世界的武俠小說敲響了警鐘；因爲堆金砌玉的場景、幻美迷離的情致、匪夷所思的動作，猶如七寶樓台眩人眼目，卻將想像的餘裕也驅散或壓縮到了若有若無之間。試想：當武俠小說必須走上像《哈利波特》、《魔戒》等西方魔幻小說的路子才能在商業上找到出口，對於擁有深厚傳統的武俠文學而言，將是何等尖銳的反諷？

魔幻只是武俠可以運用和結合的小說文類之一，而絕不是武俠唯一的歸宿。其實，一切高明的文學作品，真正的底蘊都在於作者能以推陳出新的文字魅力引發讀者的閱讀興味，進而拓展讀者的心靈視域，武俠小說當然也不例外。溫瑞安本身是詩人，他的現代詩兼具古典美感與前衛創意，恢詭譎怪而又氣象萬千；他以詩意注入武俠，又以俠情融入詩筆，使他的武俠小說別具一股撼動人心的魅力。他又常自覺地汲引偵探、推理、科幻、神魔、演義，乃至意識流技法、魔幻寫實、後設小說等文類作爲旁枝，而以詩意盎然的文字魅力貫穿其間。

在武俠文學的領域，古龍是最先強調必須求新求變求突破的大師，但一再揭明無論情節如何變化，「人性」總歸仍是一切文學探索的源頭活水者也正是古龍。溫瑞安少年時熟讀金庸、古龍，頗受影響，及至在武俠創作上卓然自成一家，其求新求變求突破的心情，顯然較古龍更爲渴切。這是因爲他深知若走金或古的路數，充其量不過是「金庸第二」或「古龍第二」，而他寧願一往無前地營造他自己的武俠世界，建立他自己的獨特風格。

在我看來，如果以詩人爲喻，金庸或可擬之杜甫，古龍無疑可頡頏李白；則以美麗而奇倔的文字魅力自成一家的溫瑞安，殆差相彷彿於戛戛獨絕的李長吉。「女媧煉石補天處，石破天驚逗秋雨」，溫瑞安在武俠文學上種種煉石補天的抱負與嘗試，和李長吉在盛唐氣象已逝、李杜光焰猶存的時代，爲了在詩藝上尋求突破而付出的心血，而結晶的詩篇，確有交光互映之處。至少，就構思的奇炫、情節的奇變、行文的奇幻而言，溫瑞安的若干作品確有「石破天驚逗秋雨」的意趣。

溫瑞安的武俠作品數量驚人，長、中、短篇均有膾炙人口的名篇。較爲讀者所熟知者，如「四大名捕」系列、「神州奇俠」系列，在兩岸三地均極受歡迎，以致欲罷不能，甚至開枝散葉，魚龍曼衍，且反覆搬上銀幕與螢屏，始終維持熱度。然而，我則認爲「說英雄•誰是英雄」系列才是溫瑞安的巔峰之作，神完氣足，意在筆先，將他的生命體驗、多元學識與文字魅力發揮得淋漓盡致。有了「說英雄•誰是英雄」系列，溫瑞安的武俠世界才有了可大可久的基柱。爲此，我與所有瑞安的朋友一樣，殷盼他早日將完結篇「天下無敵」殺青。

瑞安與我，均是多歷滄桑患難，允爲風雨故人。平時見面的機會卻少之又少，近十年來，甚至根本未曾一晤；然而，在內心深處，彼此都將對方當作可以託六尺之孤、可以寄百里之命的生死道義之交；其中的相知相契、互敬互重的情誼，有非語言可以形容者。如今瑞安得知我對提倡及出版武俠文學仍有一份繫念，義無反顧，將他的作品交託於我；我亦視爲理所當然，與他遙相攜手，再共同爲武俠文學的發皇而走上一程。斯情斯景，正是：「如此江山寥落甚，有人呼起大風潮」！

於二〇〇三年六月十五日

武俠大說

《溫瑞安武俠小說》風雲時代新版自序

國家不幸詩人幸，因爲有寫詩的好題材。有難，才有關。有劫，才有渡。有絕境，才見出人性。有悲劇，才有英雄出。有不平，才有俠客行。笑比哭好，但有時候哭比笑過癮。文字看悶了，可以去看電影。文學寫悶了，只好寫起武俠來。

我寫武俠小說，起步得早，小學一年級時已在大馬寫（其實是「繪圖本」）武俠故事。武俠小說令我豐衣足食，安身立命多年，但我始終沒當她是我的職業，而是我的志趣。也是我的「有位佳人，在水一方」。我始終爲興趣而寫，武俠乃是我的少負奇志，也成了我的千禧遊戲。稿費、版稅、名氣和一切附帶的都是「花紅」和「獎金」，算起來不但一本萬利，有時簡直是無本萬利，當感謝上天的恩賜，俠友的盛情，讓我繼續可以做這盤「無本生意」。我用了那麼多年去寫武俠，其間斷斷續續（例如近五年我就幾乎沒寫多少新稿），但故事多未寫完，例如「四大名捕」故事，但三十幾年來一直有人追看，鍥而不捨，且江山代有知音出，看來我的讀友，不但長情，而且長壽。所以，我是爲他們祝願而寫的，爲興趣而堅持的。小說，只是茶餘

溫瑞安

飯後事耳；大說，卻是要用一生歷煉去寫的。

我在臺灣推出「武俠文學」系列時，是在一九七六年之後，也陸陸續續、斷斷續續在「長河」、「中時」、「皇冠」、「神州」、「花田」、「天天」、「遠景」、「萬盛」、「晨星」、「獅鷲」等出版社推出多個不同版本，近幾年我的書已沒再在台出版，港臺的版權也完全回到我手裏。我本來也沒打算在近日推出這全新修訂的版本，但後來還是改變了主意。一是讀者的要求：在台不易找到我書，縱眾裏尋他千百度，尋著了也只殘缺不全，我見獨憐；二是因爲陳曉林先生。曉林是我相交近三十載的好友，這還不算，我在相識他之前就與他文章相知，仰慕其爲人。他就是那種「俠客書生」——俠者的風骨，但在現代社會裏只能化身書生議論入世救世的人物。他本身就是大俠廁身於俗世的反映。他是一枝筆舞一片江山。我是得意淡然，失意泰然，在現實裏各自堅持俠道精神；我跟他有時是相見如冰，有時是相敬如兵，實則是俠道相逢，呑火情懷，相敬如賓。蒙他願意出版，我實在求之不得，榮幸之至。我的作品就是我的孩子。我相信他。我交給他。

時空流傳，金石不滅，收拾懷抱，打點精神。一天笑他三五六七次，百年須笑三萬六千場。武俠於我是「咬定青山不放鬆」；作爲作者的我，當年因敬金庸而慕古龍，始書武俠著演義，已歷經四次成敗起落，人生在我，不過是河裏有冰，冰箱有魚，餘情未了，有緣再續而已矣。

識於二〇〇三年六月四日端午

四大名捕系列

四大名捕會京師

第一冊 兇手・血手

目錄

第一部
一
二
三
第二部
一
二
三
四
後記

第一部　兇手

一　從慘叫開始

這突如其來的一聲慘嘶，自東廂樓閣之上傳來！

而在這偌大的廳堂裡，本來正是興高采烈，喝酒猜拳之際，都給這一聲慘嘶，唬得呆住了。

看這廳堂中的人，多為武林人士裝扮，個個虎背熊腰，雙目炯炯有神，佩劍懸刀，看他們的氣度舉止，就可以知道他們的身分，絕非泛泛之輩。

這廳堂的中央，有一大「壽」字，四處佈置輝煌燦爛，堂皇晃麗，顯然是大富之家；而廳中的數百名武林人士，莫不是一方之主，從這點可以看出，這富貴之家顯然也是武林泰斗。

最難得一見的是，大廳首席旁的四張太師龍雕檀木座椅，這四張座椅上，坐著四個年近花甲的老人。

為首的一個，銀眉白鬚，容貌十分清癯，身形頎長，常露慈藹之色，背插長劍，這個人不是誰，正是當今滄州府，聲望最高，武功也登峰造極的武林名宿，「第一條龍」凌玉象，據說他的「長空十字劍」劍法，天下無人能接，可惜年事已高，乃歸隱江湖，封劍多年了。

第二個是一個白髮斑斑，但臉色泛紅的老者，腰間一柄薄而利的緬刀，終日不離身，左右太陽穴高高鼓起，顯然內功已入化境。這是「第二條龍」慕容水雲，手中緬刀的「七旋斬」法，挫敵無數，爲人剛正不阿，黑道中人聽到「慕容水雲」的名字，真的是聞名喪膽，走避不迭。

第三個是一個裝扮似道非道的老者，黑髮長髯，態度冷傲，手中一把拂塵。這人姓沈，名錯骨，排「第四條龍」，武功奇高，手中的拂塵，乃奇門兵器，名「錯骨拂」，但性格奇僻，冷酷無情，不過爲人還算正義，只是手段太辣而已，若說黑道中人見慕容水雲走避不迭，見這個沈錯骨，只怕是連一步都不敢動了。

第四個是一名鶉衣百結、滿臉黑鬚的老人，眼睛瞪得像銅錢一般大，粗眉大目，雖然比較矮，但十分粗壯，就像鐵罩一般，一雙粗手，也比常人粗大一、二倍。這人身上並無兵器，但一身硬功，「鐵布衫」橫練，再加上「十三太保」與「童子功」，據說已有十一成的火候，不但刀劍不入，就算一座山塌下來，也未必把他壓得住！這人性格在「五條龍」中最爲剛烈，正是「第五條龍」——龜敬淵。

所謂「武林五條龍」，昔日都是赫赫有名的武林豪傑，可惜歲月不饒人，他們年紀漸漸大了，不過也愈發受武林人士所敬重，「武林五條龍」這個牌匾，一直就未曾拆過下來，或換在什麼人的名下。

所謂「武林五條龍」，便是：「第一條龍」，擅長「長空十字劍」劍法的凌玉象；「第二條龍」，擅長「七旋斬」刀法的慕容水雲；「第三條龍」，擅長「三十六手九節蜈蚣鞭」的金盛煌；「第四條龍」，擅長「錯骨拂」的沈錯骨；「第五條龍」，就是擅長「鐵甲功」的龜敬淵，這五人在滄州府的武林，可說猶如日之中天，德望之高，鮮有人能出於其右的。

今日，正是「武林五條龍」中「第三條龍」的金盛煌的五十大壽。

這廳堂上的武林豪傑，自然是自江湖各地趕來，來慶這富甲一方，武功蓋世的「三十六手九節蜈蚣鞭」金盛煌的五十大壽。

而那一聲慘呼，自樓上傳來，並非別人，正是壽星公金盛煌的聲音！

究竟發生了什麼事？

這一聲慘嚎突然響起，又突然地靜止了。

在座的群豪，有些倉皇起身，有些拔刀動槍。

有些仍不知發生了什麼事，一時人聲沸騰，十分惶亂。

忽然一宏厚而溫文的蒼老語音，壓住了全大廳的吵雜之聲，這聲音緩慢而有力，使得大家都靜了下來，聽他說話：「各位，適才那一聲慘叫確是金三弟的，我們也不知道有什麼事情發生，可是卻要請各位合作，儘量鎮靜，這樣我們才能聽清楚和看清楚究竟發生了什麼事。如果發現有人離場或潛逃，還請諸位把人擒下。多謝！」

各人隨聲望去，只見凌玉象仍安然坐在太師椅上，揚聲說話，而他身邊的慕容水雲、沈錯骨、龜敬淵等，不知何時，皆已不見。

眾人甚至不知這三人是何時走出大廳的。

凌玉象含笑道：「各位，慕容二弟、沈四弟、龜五弟已去查看何事了，以金三弟的功力，再加二弟、四弟和五弟，就算天大的事，也該罩得住。」

廳中諸人紛紛坐了下來，有人笑道：「『武林五條龍』動了四條龍，天下那有平復不了的事！」

又有人笑道：「就在那一聲慘叫響起之際，我已看見慕容二俠、龜五俠等人一掠而出，好快的身法呀，我連看都看不清楚。」

更有人笑道：「你當然是看不見了，人家是前輩風範，應變得多快多從容，我們呀，可登不上大雅之堂囉。」

大家說笑紛紛的，凌玉象也笑著，但他卻蹙著眉：因爲沒有人比他更清楚，「三十六手九節蜈蚣鞭」金盛煌，是不可能隨便亂叫的！

更何況那是一聲悽厲的慘叫！

無論發生了什麼事，去的三位兄弟，也一定已趕來報告，以安大伙兒驚疑之心了。

究竟發生了什麼事，偏偏就趕在金盛煌的五十大壽宴上？

忽然大廳人影一閃，沈錯骨黑衣如風，臉色就像黑衣一般的硬綳綳，凌玉象一皺眉，沈錯骨雙手一攤，竟都是鮮血。

廳中有人驚叫了一聲。

沈錯骨俯前對凌玉象道：「大哥，你去一趟。」

凌玉象道：「好。」好字未了，他的人已像一朵雲一般，飄出了廳外，身法從容而迅速。

究竟發生了什麼事？

大廳中又恢復了交頭接耳，只聽沈錯骨鐵青著臉，一字一句地說道：「在事情還未清楚之前，請諸位勿擅自離席，違者死！」

這幾句話，沉重而有力，殺氣像刀風，一時之間，大廳都靜了下來，連一隻蚊子飛過的聲音，都能聽見。

究竟發生了什麼事呢？

凌玉象飄出大廳時，心中也不斷地想著。但他一步出大廳之後，身法急展，如

風馳電掣，黃衣飄飄，已轉過「紫雲閣」，折出「湘心亭」，掠過「竹葉郎」，直撲東廂高樓。

凌玉象甫一進樓，只見幾個金家僕人，神色張皇，眼圈發紅，木然而立，幾個金家的親戚姨媽們，正匆匆走上樓去看個究竟，其中一名僕人一見凌玉象便哭道：「大爺，……」竟泣不成聲。

凌玉象沉聲問道：「究竟發生了什麼事？」

慕容水雲忽然自樓上探出頭來，叫道：「大哥，你快上來。」

凌玉象身子平空直升而起，已自窗外穿入；凌玉象甫一入內，已被房裡的景象所震住了！

這是「第三條龍」金盛煌的房間。

這房間裡本來因祝壽已佈置成通紅一遍，而今更是紅得可怖。

血紅。

紅色的鮮血，遍佈房子的每一角落。

金盛煌就倒在血泊中。

他的身上還穿著錦袍，半個身子，倚在床上，背向大門，臨死的時候，手還捂著心胸，血，就在那兒流出，染紅了整張床。

致命傷就在胸膛上。

血漬由敞開的大門開始，一直灑落到床上，顯然出事的地方就在大門口，而金盛煌負傷一直掙扎到床邊，他的一隻手，還伸到了枕下，掏出了半截黑鞭。

他仗以成名之「三十六手九節蜈蚣鞭」，或因五十大壽之喜，並未帶在身上！

凌玉象什麼陣仗未見過，但金盛煌是他自己的結拜兄弟，相交數十年，他不禁激動得全身發抖，終於落淚。

金夫人以及金家的子弟，皆哭倒在房中。

凌玉象強忍悲楚，扶持金夫人，忍淚道：「三嫂子，妳要節哀，三弟的事，我們四個兄弟，一定會爲他報仇的……」

金夫人竟哭得昏倒過去了，凌玉象急以本身真氣，逼入金夫人各脈要穴，金夫人悠悠轉醒，嚎陶大哭道：「大伯啊大伯，盛煌死了，今後叫我怎麼活，你說叫我怎麼活……」

「第五條龍」龜敬淵本來已緊握鐵拳，聽到這裡，臉肌繃脹，全身骨骼，竟「格格」作響，怒吼道：「王八羔子，敢殺我三哥，我龜老五跟他拚了！」說著衝了出去。

慕容水雲身形一閃，已攔住了他，問道：「五弟，你要跟誰拚？」

龜敬淵一呆，隨即大吼道：「我管是誰，總之找今日的來客，一個一個的揍，不怕他不認！」

慕容水雲怔了怔道：「五弟，這使不得——」

龜敬淵怒吼道：「你別阻我，否則連你也揍。」

凌玉象沉聲叱喝道：「五弟，不得魯莽。」

龜敬淵對這「第一條龍」凌玉象，倒是心存敬服，很是聽話，當下不敢再鬧，但悲從中來，竟蹲下大哭起來，邊道：「三哥啊三哥，是誰害你，快告訴老五知道，俺把他千刀萬剮，替你報仇！」

凌玉象皺眉嘆道：「弟妹，這件事，我看還是要報官料理，比較妥善。」

金夫人緩緩抬起臉來，滿臉的淚，竟已哭出血來，忽然似想起什麼似的，道：「好，盛煌的兩位知交，都是天下名捕，冷血與柳激煙，都在座上，何不請他們來相助？」

凌玉象大喜道：「有他們兩人在，三弟案情，必能早日尋出真兇！」

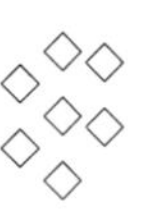

誰是柳激煙？

柳激煙不是誰，柳激煙是五湖九州、黑白兩道、十二大派都尊稱爲「神捕」的六扇門第一把好手。

「神捕」的意思，不僅指他如捕快中的神，而且也指他就算是鬼神作案，他也一樣能追緝眞兇歸案。

柳激煙不但才智高，武功也高，而且還相當年輕，不過三十餘歲，他用的武器，只是一柄小煙桿。

據說從沒有人能在他煙桿下，走得過二十招。

「神捕」柳激煙不但智勇雙絕，而且還廣結人緣，九流三教、三山五嶽的人，無不有他的眼線；尤其在衙裡的捕快們，都視他爲青天大老爺，聽命於他。

柳激煙與「武林五條龍」相交已近七年。

而今金盛煌被殺，柳激煙在情在理，必會全力出手的。

至於冷血，冷血又是什麼人呢？

冷血只有二十歲，是六扇門裡極年輕的一個人。

可是他卻是「天下四大名捕」裡的一個。

「天下四大名捕」，係指：無情、鐵手、追命、冷血四人，連「神捕」柳激煙，居然都榜上無名。

這「天下四大名捕」，都是武林中的數一數二的好手，各人有各人過人之能，冷血便是其中之一。

他在十六歲的時候，便已屢建奇功，他要追緝的要犯，從來未失敗過的。十八歲時，他爲了要擒住一武功極高的混世魔王，他躲進那魔王的魔窖裡，十一天不言不動，不食不飲，抓住一個僅有的機會，趁那魔王不防之際，給予致命的一擊！一個十八歲的少年居然能擒住那魔王，一時使武林爲之轟動。

十九歲時他單人匹馬，闖入森林，追殺十三名巨盜，終於把對手一一殺死，甚至高過他武功一倍的首腦，也死在他劍下。當他拖著滿身傷痕的身子，回到縣城，眾人都以爲他活不長了，可是沒到兩月，他便可以策馬出動，追緝惡徒了。

冷血善劍法，性堅忍，他的劍法是沒有名堂的，他刺出一劍是一劍，快、準而狠，但都是沒招式名稱的。

他覺得招式只是形式，能殺人的劍術才是好劍法。

所以，冷血的年紀雖輕，但在六扇門的輩分，卻是相當之高。

不過，也因爲他年輕而剛烈，許多捕快差役，都不甚服他，他們寧願膺服柳激煙。所以柳激煙的聲望，遠比他還大。

冷血與金盛煌，相識僅一年，但他與凌玉象，曾經在一次追緝滄州大盜中合作過，已有三年的交情。

金盛煌這件事情發生，冷血也絕不會坐視不理的。

冷血是站著的。

只要他還可以站的時候，他絕不會坐著。

因為坐著會使他精神鬆弛，萬一遇敵，他的反應就不夠快。

柳激煙是坐著的。

只要他可以坐著的時候，他絕不會站著。

因為站著會使他精神疲累，一旦遇敵，他就不能反應敏捷；只有從最充足的休息中，體能才能發揮最大的力量。

可是他們都看向同一方向。

他們都在金盛煌的房中，望著金盛煌倒在血泊中的身子。

柳激煙緩緩地道：「凌兄，您上來的時候，這裡的情形，可就是這樣了？」

凌玉象沉聲道：「老夫曾吩咐下去，任何人不得移動物品，任何人不得擅自離席。」

柳激煙睿智的垂下頭，再問道：「凌兄，您上樓來的時候，可曾看見什麼可疑的人？」

凌玉象道：「三弟慘叫聲甫發，二弟、四弟、五弟已相繼掩至，老夫留在大廳，安頓客人。」

慕容水雲道：「我一撲上樓來，便見大門敞開，心知不妙，便與四弟、五弟衝了過去，只看見……三弟，就伏在那床邊，嘶聲叫……」

柳激煙動容道：「叫了什麼？你聽清楚了沒有？」

慕容水雲淒然道：「三哥叫的好像是『你，樓……』便氣絕身亡了……我痛極欲絕，還是四弟比較冷靜，他說他會去叫大哥上來……後來，弟妹等，也聞聲上來了……」

柳激煙吁了一口氣，嘆道：「可惜金三俠無法講出他的話來。」

冷血忽然道：「有。」

柳激煙道：「哦？」

冷血冷冷地道：「這兒有人姓樓的沒有？」

金夫人止住哭聲，沉思了好一會，方道：「沒有，這裡沒有姓樓的人。」

慕容水雲接道：「賓客中也沒有。」

柳激煙忽然提點道：「會不會是姓劉的？」

凌玉象拍案道：「對！應該是有的！老夫這就去查查。」

柳激煙喃喃地道：「金三俠臨死之前，畢竟說了句重要的話。」

冷血沉聲道：「他這句話，可能就是兇手的姓名。」

冷血很少說話，他的話往往都很有力，很決斷。

柳激煙比較多話，但他的話，很睿智、很沉著、也很動聽。

凌玉象很快地走上樓來，拿著一份名單，嘆道：「賓客中確有兩個姓劉的，家僕之中也有一位姓劉的。」

柳激煙道：「哦？他們有無可疑？」

凌玉象搖首道：「這兩名姓劉的賓客，一名叫做劉亞父，根本不會武功，是當店老板，因常把珍品賣給三弟，所以在這大壽中，三弟才會請他來。此人根本不可疑。」

柳激煙道：「還有一人呢？」

凌玉象道：「這人會點武功，名聲也不大好，但對三弟，卻一直心存敬服，而他的那一點武功，就算猝然出手，趁三弟不備，也絕不可能得手的。他叫劉九如，外號『鐵尺』，在江湖上不甚出名，只怕你們二位，也未聽說過吧？」

柳激煙笑道：「這劉九如現年四十三歲，兵器鐵尺二尺三寸，好酒色、無功過，但喜惹事生非，曾被捕一次，下柳州大牢，家無親人，對金兄，倒常在外人面前，讚譽有加。」

這柳激煙不愧爲「神捕」，對區區一個武林小卒，居然對他的生平，尙記得如此清楚，朗朗上口。

凌玉象一呆，說道：「神捕不愧爲神捕，眞是佩服佩服。」

柳激煙一笑道：「那裡那裡，我是喫這行飯的，對江湖上的一人一物，當然要瞭如指掌。」

冷血冷冷地道：「劉九如我不知道，還有那劉姓僕人呢？」

凌玉象笑道：「這更不可能，那是一位七歲女童，是三弟剛賣回來的小丫鬟，連喜事喪事還分不大清楚呢。」

慕容水雲忽然道：「二位，大廳中的客人，要不要查查，在出事的時候，他們是否曾離開過？」

柳激煙道：「大廳中的人，是不是都是你們的朋友？」

凌玉象道：「老夫都查過來了，沒有冒名而來的人。」

柳激煙道：「其中會不會有人與金三俠有過宿怨或世仇的？」

金夫人泣不成聲地接道：「不會，絕不會有。盛煌慶祝大壽時，名單都是與我商議過的，我們就怕宴中有什麼不快的事情發生，所以把會生事的、有過怨隙的人，都沒有請來，誰知，還是……」說著又哭了起來。

柳激煙道：「還是煩凌兄派個人，告訴沈四俠，把廳中的人放走吧，那是無補於事的。誰都沒有料到會有這樣的事發生的，所以事發之際，許多人都不會在廳中，就拿在下來說吧，那時候也在花圃裡賞竹，這樣查下去，只怕連在下也有嫌疑了。」

凌玉象笑道：「柳兄弟說笑了，只是我三弟府中，防衛森嚴，若非廳中賓客下手，那敵人又如何闖入府中呢？而且以三弟的功力，只怕天下還沒有人能一招殺之，三弟必於不防中被襲的，這只怕是三弟的熟人。」

柳激煙沉吟道：「熟人，定必是熟人，金三俠是中了類似劍尖之類的兵器而致命的，而且是刺入他胸膛之中，這樣看來，除金兄疏於防備之外，能一刀得手的，除非是金兄熟悉的人而且其功力極高，否則絕不可能得手的。」

慕容水雲也接道：「可不是嗎？我知三弟性格，他若是見陌生人，一定鞭不離身的，現在他是中伏後才返身抽鞭，可見……唉……三弟，你死得太冤了……」

柳激煙嘆道：「凌兄、慕容二俠，你們可曾知道近日金三俠與何人有過節特別深嗎？」

凌玉象長嘆一聲，道：「武林中人，結仇結怨，在所難免，只不知有誰與金三弟有此深仇大恨，竟要在他大壽之日，前來狙殺。」

忽聞外面一陣喧嘩，一名青衣僕僮喘氣如牛，氣惶惶的闖進來，一見金夫人便跪下來，急得連話也講不出。

凌玉象沉聲道：「你有什麼事，先喘了氣再說，勿再驚嚇你主子。」

那家丁氣急敗壞的道：「適才……適才，小的走過花園，想給廳中貴客倒茶換水，沒料到，沒料到自那槐樹後，就就就就伸出了那麼一隻手，揑住小的咽喉，真是沒嚇死小的了——」

柳激煙、凌玉象、冷血皆爲之動容，追問道：「你是怎麼樣逃回來的？」

那家丁喘著氣道：「不，不是小的逃回來的，是他，他放小的走……」

凌玉象道：「他的樣子，你有沒有看清楚？」

那家丁傻巴巴地道：「小的那敢回頭看，沒給嚇死，已經夠……夠命大了。」

柳激煙說道：「你知道他爲何要放你走？」

那家丁結結巴巴地道：「那人……那人塞給小的一兩銀子……出手好大方啊……一兩銀子，還塞給小的一封信，要小的面交大人，不不是小的要銀子呀，是他說，小小小的要是不交，他就那麼一用力……一用力就能捏死小的……」

冷血沉聲道：「信呢？」

那家丁抖抖顫顫地掏出了信，金夫人正想接過，柳激煙微一搖手示意，自己接過信，在手上衡了一衡，再在當風的窗旁，把兩個軟塞塞入鼻孔之中，才撕開了信，這確確實實是一封信，沒有任何陷阱，柳激煙才把信交給了金夫人，金夫人讀著，忽然叫了一聲，暈倒在地，凌玉象叫侍婢扶住了金夫人，持信大聲朗讀：

第一條龍凌玉象，第二條龍慕容水雲，第四條龍沈錯骨，第五條龍龜敬淵，大鑒：

記得十年前『飛血劍魔』巴蜀人的血債否？今天他的後人，要你們償命。第一個是金盛煌，三天之內『武林五條龍』死乾死淨，了卻十年前的血海深仇，你們等著死吧。

劍魔傳人　謹拜

飛血劍魔？

這個名字，不單令金夫人暈眩過去，連凌玉象、慕容水雲、龜敬淵也爲此臉色慘白，柳激煙、冷血亦爲之動容！

飛血劍魔巴蜀人，在十年前是黑白二道敬若惡鬼的大妖魔，殺人如麻，行事邪惡，單只爲獨佔清風山，便血洗了清風寨，寨中七十八名黑道高手，全死於他一人手中；他又爲了紫河車而在洛陽成，殺了近百孕婦，洛陽群豪圍攻他，也被他追殺殆盡，那一役，死去的白道高手就有八十三人。

至於「飛血劍魔」的武功，也高到頂點，尤其一式飛血劍，快如閃電，飛刺敵手胸前，到現在還沒有聽說過有人能躲得過他那一擊的。

這一戰，便是武林中有名的「五龍鬥狂魔」之役。

這一役，也令「武林五條龍」猶有餘悸，每每提起巴蜀人的一戰，不禁心驚。

關更山的弟子們，因得嚴師管教，武功很高，所以才能把巴蜀人這狂魔斃之於手下，但巴蜀人的弟子，雖然得「飛血劍魔」真傳，唯不肯苦學，仗師威名，橫行無忌，一旦師父被殺，便逃遁得無影無蹤，隱姓埋名，再也不見他們重出江湖了。

可是巴蜀人的武功已盡傳授給他們，一旦讓他們練成，只怕又是一場武林浩劫，這是「武林五條龍」一直以來，隱藏在心頭上的陰影。

而今「飛血劍魔」的後人，終於來復仇了。

以巴蜀人後人的聲勢，令冷血、柳激煙等，也覺棘手。

金家的人，望著凌玉象、慕容水雲、龜敬淵等人，臉上都抹過一片不祥的驚恐之色。

◇◇◇

樓內死寂一片。

龜敬淵忽然一個虎撲，跳起來道：「來就來吧，連巴老魔也栽在我們手中，他龜孫子有種的出來，看俺龜五爺要不要得了他的命！」

樓內的人都是沉吟著，沒有人出聲呼應，只剩下他自己洪鐘般的聲音，在樓內中迴盪著。

凌玉象手執著信，乾笑幾聲道：「好，巴蜀傳人，咱『武林五條龍』還沒有老到不能拔劍，還可以決一死戰！」

柳激煙沉吟道：「以四位武功，巴蜀人傳人，自不是怕，但問題是，敵在暗處，我在明處，巴家後人，究竟是誰，我們尚未得知，只怕會吃虧一些。」

冷血沉聲道：「最重要的是，巴蜀人的『飛血劍』一擊，論武功，兇手可能非四位之敵，但『飛血劍』若不及凝神戒備，則縱有天大的本領，也避不開去。」

柳激煙道：「所以目下我們最重要的，是要找出誰是巴蜀人的傳人，我覺得沈四俠應先放走大廳中人，以免打草驚蛇，令對方隱瞞行藏。」

凌玉象點了點頭，對慕容水雲道：「二弟，麻煩你去走一回，把事情告訴沈四弟，並叫他回來，廳中的事，你也去安頓一下。」

慕容水雲道：「好。」人已飄然越出樓外。

柳激煙長嘆，沉思了一會兒，道：「來人身手很快，金三俠不過一聲慘叫，你們便趕來了，可是仍給他逃了開去。」

龜敬淵睜著眼睛，握拳嘶道：「媽的，要是給俺見了他，俺就——」

那拿信來的家丁忽然怯生生地道：「稟告，稟告凌大爺……」

凌玉象不耐煩地輕叱道：「什麼事，快說。」

那家丁怯怯地道：「小的在未去廳堂之前，好像，好像看見阿福臉色蒼白的走過，小的多事，問……問他做什麼，他，他說，他看見誰殺死老爺的，可是，可是，他又不敢說出來……」

凌玉象跳了起來，道：「他有沒有說是誰？」

那家丁更是驚慌，「沒……沒……沒……沒有。後來，小的就到廳堂去了，經過花園，就被……」

凌玉象喃喃地道：「怪不得我衝上來時，阿福似有話跟我說……那時我正匆忙，也沒有停下來……」

柳激煙也臉色大變道：「好，這就是線索，現在阿福在那裡？」

那家丁道：「他，他好像很怕，到，到，到柴房去了。」

柳激煙道：「好，凌兄，我先和龜五俠去盤問阿福他見到的是什麼人，龜五俠對金府較熟，有他在場，可知阿福看到的是什麼人；還有，冷血兄，你追查千里從無失手，這次可否勞煩你待客人散後，追蹤那叫劉九如的，因爲昔年他在柳州是因有暗殺人之嫌而被捕的，後證據不足而釋放，這麼多人中，他最可疑，如果他殺了人，你跟蹤他回去，若有疑竇之處的，或者能找出他行兇的兵器……這事兒，煩冷兄你去跑一趟，凌兄，這兒金夫人及現場就靠你料理了。」

凌玉象長嘆道：「爲了咱們兄弟的事，令兩位奔忙，老夫好生不安。」

柳激煙淡淡地道：「金三俠的事，冷血兄及我皆是金三俠之友，而我們又是喫這行飯的，自然如同己任，非理不可，何謝之有？如這件事太棘手的話，我會去請莊之洞、高山青來幫忙，他們在滄州，可說是老馬識途，有他們在，案情定必早日清楚，就這麼說了，我們分頭進行。」

凌玉象大喜，說道：「若有莊、高二位出手，就算巴蜀人復生，也奈不得咱們也。」

既然這是一個多事的武林，一個高手輩出的武林，殺戮案件，也必定特別多。

因此，六扇門中，必須有一些好手，才制得住這群江湖上的亡命之徒。

這些年來，衙門裡的確出來了一些高手，「武林四大名捕」、「神捕」便是其中佼佼者。

在滄州本地，最令汪洋大盜們爲之頭痛的，便是名捕頭「鐵椎」莊之洞。莊之洞也不過三十餘歲，但不管是武功、機智，皆有過人之能，而且跟衙門官顯，都有很好的交情，所以滄州捕頭之中，他可算是捕中之王。

他有一個莫逆之交，叫做高山青。

滄州府內有十萬禁軍，十萬禁軍的教頭，武功自然好得不得了，這位教頭，每三年更換一次，而「巨神杖」高山青，已連任了三屆總教頭。

這兩個人，都是滄州府官方武林高手中數一數二的大人物。

他們在浩蕩武林中的聲譽，當然仍比不上冷血和柳激煙，但在滄州府內，這兩人的名號只怕要比冷血及柳激煙，要響亮得多了。

冷血及柳激煙，再加上莊之洞、高山青，正如淩玉象所說，就算「飛血劍魔」巴蜀人再生，這四人加上「武林五條龍」之四，巴蜀人只怕也得劫數難逃了。

可是事情真的會那麼簡單嗎？

事情不會那麼簡單的。

柳激煙、龜敬淵往柴房走去，龜敬淵走在前面，柳激煙在後面慎重而從容的跟著，龜敬淵一直在前面咆哮著：「……當初咱們殺掉巴蜀人後，俺就他媽的下決心要斬草除根，把巴蜀人那魔頭的三個徒弟也除掉，就是大哥二哥不肯，說什麼做人要留餘地！餘地！餘地！現在三哥也給人做掉了，還留什麼餘地！」

柳激煙一直沒有作聲，日暮昏沉，四下無人，金府這一變亂，令來賓悵然而返，金府的人，也莫不哀痛十分，聚集堂前。龜敬淵走著走著，指著前面的一座破屋，大叫道：「阿福，阿福，快出來，有話問你！」

屋內的人，應了一聲，關著柴房，龜敬淵怒道：「好沒膽量的小子，還關起門來，怕人殺他不成！誰敢在金府作亂，這次我龜老五就不會饒了他——」

柳激煙忽然身子一蹲，沉聲道：「有人翻牆入來！」話未說完，忽然沖天而起，像避過什麼暗器似的，反擊一掌！

這一掌遙劈在石牆之處，轟然一聲，石牆坍倒了一角，灰塵漫天之際，只見牆外人影一閃而沒。

龜敬淵怒嘶著衝了出去，邊叫道：「老柳，你追那頭，我追這邊，看他往那兒逃！」

三個起落之間，已追出園圃，但見前面的人，身法輕靈，龜敬淵眼見自己追不上了，便大吼道：「賊子，有種別逃，跟你爺爺分個你我才走！」說著一掌劈去，砰然擊中一棵樹幹，樹崩倒，隆然聲中，葉飛漫天，凌玉象、慕容水雲、沈錯骨三人，黃、白、黑衣飄飄，已聞聲趕至！

凌玉象發出一聲斷喝道：「老五，是什麼人！」

龜敬淵氣喘咻咻地道：「有人要暗殺我們！」

慕容水雲急問：「在那兒？」

龜敬淵再看清楚，樹斷枝折，那裡還有人呢？當下怒道：「往那兒溜了，這賊子，不敢跟俺交手！」

凌玉象道：「老五，你找到了阿福沒有呢？」

龜敬淵道：「沒有，他剛要從房子裡出來，我們便遇上此人了。」

凌玉象驚問道：「柳兒呢？」

龜敬淵道：「也是追人去了。」

凌玉象急道：「不好，快去救助！」

黃、白、黑三道人影，猶如鷹擊長空，一起一落，已在十餘丈外，龜敬淵猶丈八金剛摸不著頭腦，呆呆地傻站在那兒。

◇◇◇

凌玉象、慕容水雲、沈錯骨三人幾乎是一齊到了柴房門前，三人同時站住，呆住！

柴房門前，站著一個家丁打扮的人，那是阿福。

不過阿福看到他們，沒有作揖，也沒有笑，只是雙眼直鉤鉤的盯著他們。

阿福看到他們，眼睛瞪得老大，不過他既見主人也無所動，那除非是阿福看不到他們。

瞪著眼而看不見人的人，只有幾種人，瞎了眼的是一種，死了而不瞑目的人又是一種。

阿福沒有瞎眼睛。

所以他只好是死人。

沈錯骨鐵青著臉走前去，手指才觸及阿福，阿福便倒了下去。

阿福前身，沒有半絲傷痕，他背後卻是血染青衫，似被尖利的兵器，刺入了心臟，剛好不致穿胸而出！

阿福沒有闔上眼睛，張大著嘴。

他的眼睛裡充滿驚恐，張大著嘴似要說些什麼。

他究竟見到了什麼人，竟如此恐慌？

沈錯骨冷冷地道：「老五錯了，他不該離開阿福。」

慕容水雲嘆道：「阿福已永遠沒有機會說話了，他究竟要說什麼？」

凌玉象忽然道：「但願柳捕頭能沒事就好。」

話猶未了，一人已躍到柴房的屋瓦上，幾乎一個踉蹌摔了下來，慕容水雲驚道：「柳兄！」

柳激煙勉強應了一聲，躍了下來，臉色蒼白，按著心胸，似很難受的樣子，凌玉象急上前扶持著他，道：「柳兄，你怎麼了？」

柳激煙翻了翻眼，捂著後胸，濃濁地咳了幾聲，好一會兒才勉強說道：「我來到這裡，發現有人，和龜五俠追了出去，我眼看就要追著，忽然在石牆轉彎處，有蒙面人掩來，好厲害，出手之快，令我閃避莫及，只有硬拚！我挨了他一掌，咳，哈，他，他也不輕，捱了我一拳！」

凌玉象長嘆道：「爲這件事，令柳兄幾乎喪了命，真是——」

柳激煙嘆道：「這不關你們的事，是對手太厲害了。」

沈錯骨冷冷地道：「柳兄可知對手用的是什麼掌？」

柳激煙道：「他出手太快了，我也不知他用的是什麼掌力，不過，這一掌，還不致要了我的命！如果我不是硬與他換了一擊，只怕就要糟了。我們因彼此都要運功捱受對方一擊，所以下手時，反而沒有用全力。」

慕容水雲道：「柳兄先去歇歇。」

柳激煙搖頭道：「不必了，冷血兄仍在否？」

凌玉象答道：「他已經去跟蹤劉九如了。」

柳激煙點點頭，忽然似想起了什麼事一般驚叫道：「龜五俠在那裡？」

慕容水雲笑道：「你不用擔心，適才我們還遇著他——」忽然笑容隱去，隨即

只聽凌玉象沉聲道：「他落了單，快去瞧瞧——」

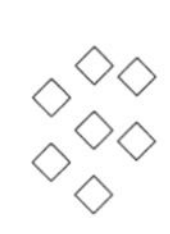

園裡有一棵斷樹，樹葉遍地。

一棵生長力繁茂的樹，被硬硬砍斷下來，是很殘忍的事。

這棵樹是被龜敬淵追敵時，一掌劈斷的。

現在樹旁倒下了一個人。

附近的落葉，都被他身上流出來的血所染紅了。

一個精壯而生命力強的人，生命慘遭斲殺，是件更殘酷的事。

這個倒地的人，正是「武林五條龍」之五——龜敬淵。

是他劈倒了這棵樹，可是，又是誰劈倒了他？

他本應是劈不倒的，他練的是刀槍不入的「金剛不壞神功」，連「十三太保」也橫練至相當的境界，而且他還身兼「鐵布衫」，自幼又習「童子功」，迄今仍未間斷過。

而今他卻倒下了。

就在凌玉象、慕容水雲、沈錯骨赴柴房的一刻間，他便被打倒了，甚至沒有打鬥之聲，難道這一身硬功的人，連掙扎也來不及？

柳激煙沒有說話，點亮了煙桿，在暮色裡，火紅的煙一亮一閃。

凌玉象忽然變成了一個枯瘦的老人，從來也沒有看人過，這叱吒風雲一時的「長空十字劍」凌玉象，竟已這麼老，這麼瘦了。

慕容水雲全身微微顫抖，暮色中，一臉是淚。

沈錯骨黑袍晃動，臉色鐵青。

這還是垂暮，這一天，將要過去，還未過去。

沈錯骨的聲音，出奇地冷靜，「五弟的致命傷，是左右太陽穴被人用手指戳入而歿的。」

柳激煙點頭道：「也就是說，殺龜五俠的人，已熟知他所習之武功，而且知道左右太陽穴，是龜五俠唯一的罩門。」

凌玉象沉聲道：「無論是誰，也不可能在龜五弟毫無防備的情形下，一擊得手的。」

柳激煙頷首道：「太陽穴是人身死穴，可是不易被人擊中，何況，以龜五俠的武功！」

沈錯骨冷冷地道：「除非是五弟絕未防範的熟人。」

慕容水雲說道：「對，兇手絕對是個熟人！」

沈錯骨冷笑道：「可是我們還不知道那是誰，已丟了兩位兄弟了。」

凌玉象沉聲道：「從現在起，我們誰也不許落單，以免給敵人有下手的機會，至少有兩個人在一起才可以行動，我們不怕死，但至少不能死得那末冤！」

柳激煙忽然道：「不好。」

凌玉象急道：「什麼事？」

柳激煙道：「這樣看來，對方絕不止一個，冷血兄跟蹤劉九如，若龜五俠和阿福的死，乃與劉九如有關，只怕冷血兄此刻，此刻已……」

慕容水雲一頓足，道：「我們立即跟去看看。」

柳激煙平靜地道：「慕容三俠勿衝動，對方要的是你們三位的命……我看，需要莊之洞、高山青二位趕來相助。」

說著自懷裡掏出兩隻小小的信鴿，把兩封寫好的信，繫於鴿子的足爪上，迎空一放，兩隻信鴿，在暮色裡劃空而起，劈劈撲撲，自暮靄黑沉中飛入長天，轉瞬不見。

柳激煙望著漸漸遠去的信鴿，喃喃地道：「憑我和莊、高二位的交情，他們在明晨即可來此。」

◇◇◇

這四十餘歲的劉九如，看來精壯無比，似有無窮的精力，自金府出來後，也沒有什麼悲傷的神色，冷血跟蹤他，走過了幾條街，只見他沽了壺酒，邊行邊飲，未到家門已酩酊。

冷血皺了皺眉，幾乎不想再跟蹤下去了，不過冷血一向能忍，略一轉念，便繼續跟蹤下去，至少要知道，他回家要幹什麼。

這一跟蹤，劉九如竟似沒完似的，喝了酒，又敲了一個酒鬼的家，兩人鬥了半天嘴，談的都是些不著邊際的事，然後劉九如談到不高興起來，一拳把那傢伙打倒，便一搖三擺的回去了。

暮色闌珊，夜色已組成一張大網，遍佈四周。

劉九如拐過一條街又一條街，一條巷又一條巷，穿過幾個小弄，多數是一些荒廢的屋子，難得見人。劉九如找了一間屋子，便鑽了進去。

原來這地方是造窯區，白天工人們在此燒窯，晚上便離開，劉九如連房子也沒有，便選這種不要錢的地方來住。

夜色已臨，燒窯的磚房零星落索，倍覺淒涼。

明月當空，不覺溫柔，卻覺悽厲。遠近處，皆有野犬吠號，一聲又一聲，長而刺耳。

冷血靜靜地走近劉九如的房子門前，他想：既然如此，倒不如直接找劉九如談談更好。

他正欲敲門，突然間，他發覺近處的犬吠倏然終止。

他一楞，下意識的提高警覺。

就在他一怔的刹那，有十七、八件暗器，自各個不同的房子裡向他射來！

暗器準、快，而不帶一絲聲息！

這些暗器在明月下發出奇異青亮色，顯然都是淬過毒的！

冷血忽然向前一抓，敲門的手變成了抓門，轟然一聲，那房子的門，被冷血硬硬抓了出來，冷血用門往身前一擋，一時只聞「篤篤篤篤」之聲不絕，暗器都釘入了木門上！

只聽房裡的劉九如驚叫道：「誰？是誰？」

但在那時候，這些屋子裡每一間房都躍出三、四個人，手執長刀，身著黑衣，蒙頭蒙面，長刀在月色下發出懾人的光芒，直斬冷血！

冷血已無心亦無暇答話，猛一運力，自手掌直逼入木門內，一時「噗噗噗噗」，暗器都由木門內反逼出來，激射向這群黑衣人！

黑衣人皆爲之一楞，閃避、揮刀！

有三名黑衣人慘嚎著倒下，這些暗器，果然是見血封喉的！

其他黑衣人來勢不減，直撲冷血。

冷血沒有發話，沒有後退，而且忽然拔劍，往最多人的地方衝去！

既然已中伏，就得殺出去！

這是冷血的原則！從沒有冷血所不敢作的事。

他拔劍的手勢很奇怪；他是反手拔劍的，劍就在腰間，沒有劍鞘。

無鞘的劍拔得最快。

劍是用來殺人的，不是拿來看的。

這也是冷血的原則。

劍身細而薄，長而利，易於攻，難於守。

但冷血是只攻不守的。

因爲他認爲最好的守勢就是反攻。

這也是冷血的原則。

江湖上盛傳他一共有四十九招劍法，劍招皆無名，但卻勢不可擋。

冷血反衝了過去，蒙面人尖叫、慘嚎、翻臥、圍攻！

月色下，血光翻飛。

一批衝近冷血的人，中劍倒下，第二批卻湧了上來，長刀疾閃，招招要害。

第二批人也倒下了，第三批又接了上來。

這第三批人打了沒多久，在廝殺聲中，便有人高聲叫道：「這廝厲害，我們敵他不過！」

「逃！快逃！」

「不，首腦說一定要殺！」

「我們不是他對手！」

「不是他對手也要殺！」

「不行了，快逃吧！」

慘叫聲中，又已有三人倒下，有人嚷道：「他受傷了！」

「看，他捱了我一刀！」

「不，他比剛才還勇猛！」

「還是逃吧！他好像受傷了！」

「他還流著血哩！」

第三批人都倒下了。第四批人衝上來，才打了不一會，便逃掉了大半。剩下的，無心戀戰，邊打邊逃，又死了一半，其他的都逃掉了。

沒第五批人了。

明月當空，是明媚還是邪惡？

月光當頭照，是照透罪惡還是洗滌罪惡？

冷血站在明月下，手上執著又細又長的劍，他肩上一道刀傷，血淋淋下。

可是他從來不因受傷而倒下過。

出道以來，像這樣的傷，已經算是很輕的了。

月下是血，血中橫七豎八的，倒了四十三個人。

四十三個死人。

他不得不殺。

他一劍出手，對方還有沒有命，連他自己也控制不住。

殺了這些人，他覺得好空虛，真想棄劍跪地，在月色下痛哭一場。

他甚至不知道這些人是誰。

冷血忽然想起，認定了適才那間房子，推門進入。

只見房內桌椅零亂一片，顯然也經過一場惡鬥。

而劉九如，被幾張桌椅壓在下面。

冷血急撥開桌椅，扶起劉九如，只見劉九如手上還握著一柄鐵尺，顯然是曾與人惡鬥過，他胸前有一道血口，似被什麼物體迅速打中而收回，剛好打穿了劉九如的內臟！

這樣的手法，顯然又是那一記「飛血劍」所爲的。

可是劉九如居然還有一息尙存。

冷血忙用一股真氣，逼入劉九如體內，劉九如雙眼一翻，流下許多鮮血，冷血知他已活不久了，於是問道：「是不是你殺死金盛煌？」

劉九如微微張開無力的雙目，喉嚨格格作聲，但說不出話來，只是一直在搖頭，一直在搖頭。

冷血略一皺眉，又問道：「你知道是誰殺你麼？」

劉九如費力地點首，掙扎著想說話，可是血不斷自喉裡湧出來，冷血暗暗嘆息，要不是劉九如壯碩過人，只怕早已命喪多時了；那胸前的一記，實際上已把他的內脈打碎了。

忽然劉九如勉強嘶聲道：「殺我者，兩，兩個，兩個公——」再想說下去，血大量地湧出，登時氣絕。

冷血緩緩地放下了劉九如，心中很混亂、很惆悵。

究竟是誰，要派這麼多人來伏襲自己呢？

究竟是誰，要殺害劉九如呢？

如果劉九如就是殘害金盛煌的兇手的話，那麼這樁事情，便已是結束時候了。

可是事情顯然沒那麼簡單。

對方不僅要殺死劉九如滅口，還要殺害自己。

而且今晚圍攻自己的人，用的刀法、武功，都像是同門師兄弟，顯然是同一個師父教出來的。

是那一個門派，具有這麼強的一個實力？

看來殺劉九如的人，手法上與殺死金盛煌大致相同，只怕這才是「飛血劍魔」巴蜀人的傳人。

可是巴蜀人的傳人，這些人的師父，究竟是誰呢？

這些都像一個一個不能解開的結。

劉九如臨死之前，究竟想說些什麼？

那「兩個人」，是「工人」還是「公人」，「公子」或是公孫，是一個人的名字，還是一個集團的名字？

冷血呆了好一會，忽然撕開了劉九如的衣襟，似找什麼似的，找了好一會，又走出去，揭開了好幾個蒙面人的臉紗，都是一些陌生的大漢，冷血再撕開了他們的衣服，像在端詳著一些什麼。

月色下，冷血似若有所悟地，點了點頭。

莊之洞看來比較矮小精悍，比柳激煙還要年輕一些，腰間纏著椎鏈子，一副精明能幹的樣子。

高山青的樣子，與莊之洞非常相似，不過高山青卻比莊之洞神氣豪壯多了，所以莊之洞看去是短小精悍，高山青卻是高頭大馬。高山青拿著的是一條玉一般的桃木棍，棒身細滑，杖尖若刀，長七尺六寸。

這是第二天的晌午，也就是署名爲「劍魔傳人」所說的「三天之內，『武林五條龍』死乾死淨」的第二天。

堂前兩具棺槨，靈柩前，端坐著金府家屬，以及凌玉象、慕容水雲、沈錯骨、柳激煙和冷血。

凌玉象的妻子、兒子，也在堂內。他們是在昨日聞訊，今日趕至金家，見凌玉象後，方知曉一切的。

因爲而今這種情形，凌五象自然不想回家。「武林五條龍」中，真正兒媳滿堂的，只有凌玉象、慕容水雲及金盛煌三人而已，至於沈錯骨，生活似道非道，個性又極爲孤僻，沒有親人；龜敬淵更加嫉惡如仇，性情暴烈，除幾個知交外，也沒有妻室。

爲了妻兒安全，凌玉象力促他們回到凌家去，以免有殃及池魚之災。

莊之洞、高山青二人一至，柳激煙便站了起來，冷血與這二人，曾經在辦一件事情時也碰過面，也算認識，柳激煙替他們給凌玉象、慕容水雲、沈錯骨介紹過後，再不客套，把事情一五一十，告訴莊、高二人。

莊、高二人一見喪事，便知不對勁了，聽罷，莊之洞當下黯然道：「可恨的魔孽，竟加害了金、龜二位英雄，真令人痛恨！」

高山青聲若洪鐘，怒道：「凌老英雄你不要怕，我們必替你揪出兇手來！」

沈錯骨冷哼一聲，柳激煙一見不對，笑罵向高山青道：「高老弟，你還是算了吧，你來助我們一臂之力，是最好不過，若獨手擒兇，別說我啦，『天下四大名捕』的冷血兄，一樣在這裡，不也照樣是束手無策麼？」

莊之洞也笑道：「高老弟太大口氣啦，再說，凌、慕容、沈三位大俠，可也不是好惹的哩。」

慕容水雲忽然笑道：「二位莫太過獎，高兄的話，未嘗不對，擒兇確是要靠高兄等人了，二位來了最好，二位未來之前，我不放心走開。」

冷血冷冷地道：「慕容二俠要到那裡去？」

慕容水雲臉上掠過一片鬱色，道：「我的妻兒住在城郊，信息來回不便，不管兄弟我是生是死，總要回去安排一下，我儘量在今晚之前趕回這裡；我們兄弟，雖不能同年同日生，但願能同年同日死。」

柳激煙說：「慕容二俠你一個人回府，太不安全了吧？」

慕容水雲笑得非常灑脫：「大丈夫何懼生死，只要死得不窩囊就好了。」

凌玉象正視著慕容水雲，一字一句地道：「二弟，我們要活著替三弟和五弟報仇，不能死。」

柳激煙緩緩地道：「二俠縱要回府，也要帶個人去。」

莊之洞義不容辭地道：「不如我陪慕容二俠去一趟。」

凌玉象道：「二弟，我們這兒有柳兄、冷兄、高兄及四弟，你還是和莊兄一道的好。」

冷血忽然道：「只有慕容二俠、莊捕頭兩個人，只怕人手不足，若慕容二俠一定要跑這一趟，我也一齊去。不過請凌大俠及沈四俠，萬勿走開。」

柳激煙笑道：「冷兄你放心，何況我和高兄，也不算是好惹的人。」

冷血緩緩起身，筆挺的身子似經得起任何打擊，淡淡地道：「好，這兒一切，要勞柳、高二兄了。」

二 自懷疑尋索

已近城郊。

慕容水雲走在中央，冷血在左，莊之洞在右。

近郊的綠野春色，確是迷人。

慕容水雲乃書香世家出身，本來就喜歡風雅吟詠，若不是爲了金盛煌、龜敬淵的死，他才不會如此愁雲重重。

可是他畢竟是從容過人，當下打趣笑道：「想不到慕容今日，也如此怕死，令兩位比我有名得多的武林高手，替我作保鏢，真是死又何妨也！」

莊之洞笑道：「我們吃公門飯的，那談得上高手？冷兄是『天下四大名捕』，我能算什麼？」說著哈哈笑了起來。

遠處正來了一部馬車，幾匹老馬，拖著一輛又老又舊又笨又重的車子，趕車的是兩位年輕人，車上一包一包的麻袋，裝著不知是什麼的沉重的東西。

那青年一面趕著馬，叱喝著，已經靠近三人了，冷血等因路窄，而閃在一旁，還聽見那青年向旁邊的夥伴說著笑，其中一句是：「開始！」

這兩字的聲調忽然提高，冷血一聽，大吃一驚，那一聲正與昨晚在廝殺之中，其中一人說「不是他對手也要殺」的人的聲音完全一樣！

冷血能成爲「天下四大名捕」的理由之一，就是他有過人之能。

過目不忘，過耳而不忘！

這些特點常常使冷血能死裡逃生。

就在這車子靠近冷血的刹那間，慕容水雲就在前頭，更前面是莊之洞，因爲路窄，旁邊是水田，所以便一個人一個人走，冷血突然叫道：「小心！」

就在這一刹，那車子突然一折，直向冷血撞來！

這一下，冷血不能進，只能退！

只是冷血不退！

他沖天而起，可是車上青年一揮鞭，直抽冷血！

另一夥伴，拔刀一揮，不是斫向冷血，而是斫向車後的包裡的繩子上！

繩子一斷，包裡麻袋都打開了，二十多條大漢，都自麻袋裡躍出，手執長刀，向冷血衝殺！

冷血應戰，但他的視線，卻被那車子所遮住了，他看不見慕容水雲那邊怎樣了。可是他知道，這一班人，正是昨夜在他手下逃生的餘孽。

只要他們暗算不逞，冷血便自信能把他們解決掉。

問題是：解決掉這干人，也需要相當的時間。

他聽見慕容水雲及莊之洞的喊殺聲，顯然車子的那頭，也打得十分燦爛。

就在這時，他聽到一聲慘叫。

這聲慘叫是慕容水雲發出來的。

冷血一發急，攻勢更加凌厲，十多名長刀大漢，只剩下四名。

冷血也因爲發急而分心，背門一涼，已被劃中了一刀。

但是這一刀，並不算傷得很重，那大漢以爲得手，反被冷血的快劍刺穿了咽喉。

剩下的三個人，見勢不妙，自三方逃逸。

冷血也不追趕，躍過車頂，只見這邊的戰況，也十分激烈，倒在地上的八九名長刀大漢，均已氣絕，想必爲莊之洞及慕容水雲所殺。

現在只剩下兩名長刀大漢，正與莊之洞的鏈子椎鬥在一起，殺得難分難解。

而慕容水雲竟已倒在地上。

冷血一頓足，飛奔過去，扶起慕容水雲，只見慕容水雲臉色紫金，氣若遊絲，冷血把本身功力源源湧了過去，慕容水雲勉強睜開雙目，道：「冷兄，你……你替我告訴……告訴……殺人者被我一刀刺中，他是……」忽然雙目暴睜，望著冷血後面，冷血心中一寒，尚未回身，劍已刺出，一名長刀大漢應聲而倒！

冷血猛回首，只見那逃去的三名大漢，竟又回來了，竟在背後偷襲！冷血大吼一聲，一連攻出十八劍！

那名長刀大漢，只見劍影如山，那裡招架得來，胸膛一麻，便倒了下去！最後一名大漢，又返身就跑，冷血冷哼一聲，劍脫手飛出，貫穿這人背門，借著餘勢，把這人帶出七、八步外，撞刺在一名與莊之洞激鬥的大漢背上，那大漢慘叫一聲，兩人齊倒下。

餘下的一名大漢，目光發赤，幾招虛晃，返身欲逃，冷血一個虎撲，那人揮刀就斫，冷血一腳踢去，刀脫手飛出，直穿入那大漢自己的頭上，那大漢慘呼一聲，速然倒下。

莊之洞收回鐵椎，喘息著道：「多蒙相助，快去看看慕容二俠！」

冷血及莊之洞再回到慕容水雲身邊，但是，慕容水雲已然氣絕。

冷血沒有說話。

莊之洞也沒有。

他們感覺到失敗的恥辱與沉痛。

他們本來是江湖中無人敢招惹的名捕，而今，對方竟能在他們嚴密的保護下殺人。

雖然這一干人已死盡了，可是他們的首腦，甚至尚未露面。

冷血仔細看去，只見慕容水雲的背後，有一個傷口，似被利器迅速刺入又拔出似的，足以致命。

而在前胸，也有一道傷口，似被什麼東西擊中，又猛烈抽出似的，所以傷口雖小，胸口卻是一片血肉模糊。

憑這兩道傷口可以認定，都不是刀傷。

也就是說，不是這批長刀大漢使慕容水雲致命，而是他被兩個人，用兩種不同的兵器，但手法卻頗爲類似，同時擊中前後胸而斃命。

慕容水雲甚至不及閃避，或者沒有閃避，所以才被準確地擊中胸部。

這顯然又是「劍魔傳人」的傑作。

冷血握著拳頭，咬牙切齒地問：「你有沒有看到，是誰下的毒手？」

莊之洞長嘆道：「大變驟然來，我也不及細看，刺客便向我湧來，我殺了幾個，彷彿看見，車上有人用長槍往慕容二俠背後一刺——唉，後來，就是你過來的前一刻，他又發出一聲慘叫，因我那時正與這兩個人鬥著，不及細看，只見人影一閃，慕容兄便——唉。」

冷血仔細地看過地上的屍體，若有所思，終於道：「我們只好送慕容二俠的屍首回去了。」

◇◇◇

大廳上一片肅靜。

女人、孩子和家人，都被送回房裡去了。

剩下的六個人：冷血、莊之洞、柳激煙、凌玉象、沈錯骨，還有一個倒下了的人——慕容水雲。

如果還加上棺槨裡的兩人：「三十六手九節蜈蚣鞭」金盛煌與「金剛不壞」龜敬淵，一共是八個人。

金盛煌與龜敬淵，再加上「七旋斬」慕容水雲，已經是第三個死人。

「武林五條龍」只剩下兩條。

誰都可以想像得到，此刻凌玉象及沈錯骨的心情。

大廳中的氣氛，就像一塊凝結了的冰塊。

凌玉象緩緩開口道：「也罷，劍魔傳人，你就來吧！我凌玉象，也活到這把年紀，反正都要來的了，你就給我個痛快！」這兩天裡，他兩頰已深陷下去了，瘦了許多。

沈錯骨仍然鐵板一般的臉孔，可是無情的語音中，也抑制不住哀傷：「老大，我們不一定會死，二哥忠厚、三哥老實、五弟魯直，較容易被騙，別人要想在我沈錯骨面前動手腳，除非真能制得住我！」

凌玉象注視著沈錯骨道：「四弟，你的性格乖戾，行事剛烈，也是弱點，你要多加小心才好。」

沈錯骨沉靜地道：「大哥，你卻是太慈藹了，也要有些防禦啊！」

「武林五條龍」之中，一下子只剩下兩個人，自然彼此有說不出、說不盡的親切感。

冷血忽然道：「凌大俠，慕容二俠施用的『七旋斬』，招路如何，可否相告？」

凌玉象沉哀地道：「二弟的『七旋斬』是他腰間的緬刀，共有七式，每招又有七種變化，能夠接他七七四十九式的人，已經不多了。」

冷血沉思道：「『七旋斬』人中後情形是怎樣？」

凌玉象道：「刀捲肉飛，剖腹斷腸，自然是當者披靡，冷兄，你問這幹嗎？」

冷血淡淡地道：「我也只是問問罷了，對了，爲何不見高教頭？」

凌玉象道：「哦，適才你和莊兄走後，柳兄有一建議，既然『劍魔傳人』找的是我們，不如先把我們易容，好讓對方無從下手，於是高兄就到外面去搜購易容藥物，據說高兄是易容好手呢。」

冷血怔了一怔道：「哦？」

柳激煙笑道：「冷兄以爲這個建議怎樣？」

冷血道：「自然甚是高妙。不過若兇手是我們的人，易了容只怕也沒有用。」

忽然大廳外傳來了一陣腳步聲，柳激煙淡淡地道：「想必是高教頭回來了。」

◇◇◇

在廳堂外，這一行一頓的腳步聲，愈來愈近，竟出現了一名身形高大的乞丐，臉容奇特而可怖，令人望了一眼再也不想多望一眼，衣衫襤褸，不過手中還拿著一柄白玉尖杖，撐住跛了一條的腿，笑嘻嘻的望著大家。

這是個跛腿老乞。

沈錯骨霍然而起，怒道：「這人來幹什麼？」

凌玉象道：「四弟勿衝動，他是高山青。」

沈錯骨一呆，那乞丐大笑道：「凌兄好尖的眼光，怎樣？我的易容術不錯吧？包管別人望了第一眼，不想再望第二眼，這樣我的易容術便可以高枕無憂了。我裝成乞丐，可以蜷伏在你們門外，讓人錯以爲是連座破廟也沒有的乞丐，也許，也許可以把兇手手到擒來。」

凌玉象笑道：「高兄的易容術果是高明。」

柳激煙也笑道：「認識高兄這麼久，還不知道高兄乃精於此道。」

莊之洞笑道：「那你準備要把我扮成什麼？」

高山青笑道：「你呀，看樣子可以十天不睡覺，正適合化裝成更夫。」

莊之洞就變成了一個更夫，拿著竹梆，吊著燈籠，不但別人看起來像個十足，他自己也幾乎把自己當作看更人。

柳激煙因爲有根煙桿，於是打扮成管家模樣的老者，穿著青布的衣裳，「必必剝剝」的抽著煙。

凌玉象成了老家人，他的「長空十字劍」，就藏在他手拿的掃把柄裡。現在高山青正替沈錯骨易容，沈錯骨看來像是一個跑江湖算命的老雜毛。

凌玉象笑道：「高兄，你真靈光慧眼，揀人而易，剛好把我們化裝得切合身分。」這句話，不無自嘲之意。

高山青微笑道：「凌兄這是那裡的話，只怕我這不是靈光慧眼，而是有眼無珠了吧！諸位堂堂品貌，卻教我化裝成凡夫走卒，真是罪過，罪過。好了，冷兄，該你化裝了。」

冷血年青而俊秀，在他稍嫌冷峻無情的臉上，忽然泛起輕輕的笑容，這一笑，就像春風吹融了寒冰，煞是好看；冷血道：「不，我要趁天黑之前赴縣府一趟，見見魯知府，因為我與他有約在先，在今夜之前去報備一聲的，原本我已答應諸葛先生，明日就走呢，當然現在我不想走，不過，總要去交代一聲……我在今夜三更，必趕回這裡，現在，要多仗柳兄、莊捕頭、高教頭照顧了。」

有人說，冷血笑的時候，就是他手上所辦的案件，逐漸明朗化的時候。

冷血走了。

天又黑了。

晚上重臨，金府上下的人，都紛紛到別的地方避風頭了；金府的門前至廳堂，兩旁卻點起兩列燈籠，一路照耀進入了大廳，大廳上坐著五個人：凌玉象、沈錯骨、柳激煙、莊之洞、高山青。

這五個人後面，有三副棺木，燭光搖曳，堂裡的人，不發一言，被燭光照得陰晴不定的臉上，都顯得十分幽異詭秘。

凌玉象以蒼老的口音道：「我彷彿覺得，與劍魔傳人對敵的，不止是我們五人，還有二弟、三弟和五弟。」

柳激煙對那棺木望了一會，忽然浮現了一種很奇怪的神色，有點激動地道：「可惜他們都是死人。」

沈錯骨冷哼了聲，道：「死人也會索魂的。」

莊之洞打著哈哈笑道：「沈四俠也迷信？」

柳激煙忽然細聲向凌玉象道：「凌兄，我心中有個疑惑，在這兒說不便，我懷疑兇手是……」

凌玉象臉色一整道：「那麼我們到內堂談談。」

柳激煙道：「好，有我們兩人在，劍魔傳人也休想動得了。」

內堂。

凌玉象在一張桃木椅上坐了下來後，向柳激煙問道：「柳兄，你所猜疑的兇手是誰？」

柳激煙長嘆一聲，道：「只怕我現在講出來，你也不會相信。」

凌玉象動容道：「誰？」

柳激煙沉聲道：「冷血。」

凌玉象呆了一呆，全身衣袍簌簌顫抖，可見心中是如何激動，好一會才說：「不可能的。」

柳激煙長嘆道：「確是不可能的。」

凌玉象忽然抬頭道：「直到現在，我還是不相信，我信任冷血，他是個正直的青年。」

柳激煙無限惋惜地道：「我也不相信，可是，有件東西，你看了不由你不信！」說著在懷裡掏出一條手帕，道：「這是金三俠案發時，我和冷血來至臥房前，我在他懷中取來的。」

凌玉象一看那條手帕，竟是血漬斑斑，大爲激動，道：「血？」

柳激煙沉重地點點頭，道：「血。金三俠的血，你嗅嗅自可證實。」

凌玉象把手帕放在鼻前一聞，忽然臉色大變，手帕被他飛投出去，竟似一片刀齒，直嵌入內堂的一條柱子上：「有悶香！」正想起身，但覺天旋地轉，連站立也站不穩，猛抽手想取掃把拔劍，卻連拔劍之力也逐漸消失，跌坐在椅子上，只聽柳激煙呵呵大笑。

凌玉象勉強睜開眼睛，只見人影模糊，怒道：「柳激煙，你——」

廳外。

當凌玉象及柳激煙進入內堂後，沈錯骨忽然沉聲道：「莊兄、高兄，我有一件事想說，不知二位願不願聽？」

莊之洞笑道：「沈四俠的話，我等怎會不願意聽！」

沈錯骨正色道：「我的意思是，聽了後，縱不同意，也不要告知外人。」

莊之洞嚴肅地道：「沈四俠有話儘管說，莊某不是個口沒遮攔的人。」

高山青奇道：「不知沈四俠想說的是什麼？」

沈錯骨沉聲道：「我懷疑一個人是兇手！」

莊之洞變色道：「哦？」

沈錯骨道：「一個熟人。」

高山青動容道：「熟人？」

沈錯骨冷冷道：「冷血。」

莊之洞、高山青二人互望了一眼，莊之洞忽然恍然大悟似的，道：「冷血……冷血……唔，有道理，今日在城郊一戰，隔著車子，我不知道他有沒有出手，但慕容二俠死時，他卻在其身旁。」

沈錯骨激動得道袍飄飛，道：「大哥三哥，與他交情最薄，但又十分信任他，而今在危機四伏時，他又擅自離開，那裡像是爲朋友而忘卻生死！」

高山青奇道：「沈四俠，那麼，你爲何不對凌大俠及柳兄說呢？爲何不讓我們說出去？」

沈錯骨嘆道：「你有所不知，劉九如是他跟蹤的，而遭殺害，打從那時開始，我已懷疑他了；五弟死時，他恰好不在，五弟看來是死於熟人手下的，我便知道，一定是他了。可是大哥，卻最信任他，柳兄也跟他是好友，只怕告訴他們會打草驚蛇……」

莊之洞道：「沈兄真明察秋毫。」

高山青道：「未知沈兄要如何對付這等小人。」

沈錯骨冷笑道：「既是大哥和柳兄不會贊同，不如我們等冷血歸來時，一舉而擒之，再逼他招供，那時不怕他不認。」

高山青撫掌嘆道：「此計甚妙。」

莊之洞回首對靈柩長拜，道：「若此可查出真凶，三位大俠在天之靈，必感欣慰了。」

只見靈柩旁幡旗無風自動，燭光昏暗，搖擺不已，確實鬼氣森森，寒風呼呼，猶如冤鬼呼喚。

莊之洞忽然凝神說道：「好像有腳步聲！」

高山青道：「莫非是冷血來了！」

沈錯骨冷冷道：「他若回來，則是最好，此刻大哥、柳兄不在，咱們先擒他下來，來個攻其無備，逼他供出實情。」

高山青道：「好！」

莊之洞道：「他來了，我們先在門旁伏著，我一拍掌，我們三人一齊動手！」

沈錯骨身形展動，直撲向大門旁，疾道：「好！」

莊之洞、高山青各自飛撲，已到了大門旁。

黑夜裡，兩排燈籠被三人衣袂急掠時捲起的風，吹得半明半滅！

沈錯骨靜靜地伏在黑暗中，忽然道：「怎麼我聽不見腳步聲的？」

高山青小聲地道：「老莊的耳朵，特別靈敏，便是時下輕功最高的人，只要在十丈之內，也休想瞞得過他。」

那另一旁的莊之洞在這時忽然道：「噤聲，他已近門前了。」

沈錯骨再也不作聲，手執拂塵，如一頭鐵豹般盯著大門。

黑夜的空氣像凝結了的炸藥。

這炸藥，已經到了應該爆炸的時候了。

門依然沒有動。

風悽厲地吹著。

忽然莊之洞一拍掌。

沈錯骨如一支箭般標了出去！

而大門依然沒有動。

難道是莊之洞聽錯了嗎？

沈錯骨感覺到莊之洞與高山青也撲到半空中。

忽然間，這兩個人，已到了自己身前身後。

沈錯骨一怔，忽聞夜空中，「霍」地一聲，一支明亮的白玉杖，已向自己心窩刺來，來勢之快，無法形容！

沈錯骨心中一沉，居然人在半空，去勢如飛，仍能猛一吸氣，往後倒退！

但在同時間，後面的莊之洞喝了一聲：「椎！」

鐵鏈之聲，破空而來，沈錯骨聽到這聲音時，背門已「噗地」一聲，被一枚利器穿入，又急抽而出，鮮血飛濺，痛入心脾！

這一痛，他的身法自然一慢，那明亮的杖尖，「噗」一聲地沒入他的胸膛，又「嗤」地抽了出來，還帶著一股血泉！

血泉於夜空中飛噴！

沈錯骨的身軀，在夜空裡灑著血，飛落在丈外。

好個沈錯骨，居然在落地後仍能站得住，踉踉蹌蹌，跌走了幾步，倚在一棵梧桐樹上，月光撒下來，沈錯骨黑袍沾血，臉上充滿不信與憤怒，形狀煞是可怖。

沈錯骨嘶聲道：「你們——！」一股血泉自嘴角溢下，說不出話來。

只見短小而精悍的莊之洞，微笑道：「不錯，是我們。」手裡吊著帶血的椎子，鎖鏈軋軋地擺盪著。

而高山青望著帶血的杖尖，得意大笑道：「劍魔傳人，你死得瞑目吧？」

沈錯骨忽然發出一聲野獸般的嘶吼，手中拂塵，忽然化爲千百枚長針，離柄射出！

莊之洞也被這一下嚇了一跳，揮舞鏈子椎，把拂塵都掃落！

高山青也忙揮舞玉杖，舞得個風雨不透！

可是他的左腿似走動不靈，所以被這一枚拂塵絲射入，痛吼一聲，把它拔了出來，流了一些血。

莊之洞疾聲叫道：「師弟，你怎麼了？」

高山青忍痛道：「不礙事的，幸虧沒射中要穴，沒料到這老雜毛也有這種渾厚的內力！」

再看那邊的沈錯骨，已靠著梧桐樹，倒在地上，死時真是目眥盡裂。

莊之洞冷笑道：「還不是死了！」

高山青撫著傷口道：「不知大師哥是否已得手？」

莊之洞冷笑道：「大師兄做事，怎會失手？」

高山青笑道：「那麼我們把這老雜毛的屍體送回內堂去，讓那老傢伙看看他心愛弟弟的模樣兒。」

莊之洞忽然道：「怕不怕冷血突然回來了？」

高山青笑道：「二師兄，你太過慮了，那小子不是說三更才回來的嗎！」

莊之洞歡笑道：「真是，他的經驗不足，還作什麼名捕，所謂『閻王註定三更死，誰敢留人到五更』，他是三更死，連提早死也不能啦。」

高山青道：「他就算是現在回來，咱哥兒倆的事縱被他發現了，又有何妨，他遠不是我的對手哩！」

莊之洞忽然凝神起來，側耳聽了一會，忽然臉色大變說道：「不好，確是他回來了！」

高山青動容道：「有這等事？」

莊之洞道：「這小子武功不低，我們還是以計謀之，較爲妥當。」

高山青道：「好！」迅速撲至沈錯骨屍首處，把沈錯骨的屍首用亂草蓋了起來，又把地上的血，用腳踏亂。莊之洞急叫道：「快，他要到了！」

高山青急整頓衣襟，門「咿呀」而開，星月下，冷血白衣勁裝，走了進來。

莊之洞身形一動，似欲出擊，忽然停了下來，笑道：「我還道是誰，原來是冷兄，差點動錯了手，在冷兄手下喫苦頭呢。」

高山青含笑招呼道：「冷兄，不是說三更回來麼，現在還不到一更，事都辦妥了麼？」

冷血望了二人一眼，淡淡地道：「都辦妥了，因爲擔心，所以想早些時候回來看看。」

一片烏雲湧來，蓋住了皓月，連星星也黯然無光，只有兩排明滅的燭焰。

莊之洞忽然道：「適才有人來犯。」

冷血動容道：「哦，是誰？」

莊之洞道：「都蒙著面！」

冷血追問道：「凌大俠、沈四俠如何了？」

莊之洞道：「他們都沒有受傷，不過都退入堂內，那兒較易應敵。」

冷血道：「那我們也去內堂好了。」

莊之洞似有難言之色，口中吶吶道：「不過……」

冷血奇道：「不過什麼？」

莊之洞道：「我們乃好意相告，請冷兄萬勿動怒。」

冷血道：「好，有什麼你儘管說，我決不生氣。」

莊之洞說道：「凌大俠等懷疑你是兇手。」

冷血呆了一呆，氣結而道：「你們呢？你們信是不信？」

莊之洞道：「要是兄弟相信，也不會告訴你知道了，不過……」

冷血道：「不過什麼？」

莊之洞道：「他們確有證據，不由得我不信。」

冷血冷笑道：「那是什麼證據？」

莊之洞在腰間探著東西，道：「我拿給你看——」

冷血正注視著莊之洞掏出來的東西。

莊之洞並不是拿出什麼東西，而是把腰間的活扣一扳，鏈子椎「嗆啷」在手。

冷血一呆，後面「嘯」地一聲，破空襲至！

高山青的白玉杖！

冷血本已分神，理應避無可避！

激煙拿了一張椅子，在黑暗的內堂，抽著煙桿，火紅的光，一閃一滅，把柳激煙的面容，映照得一光一暗。

凌玉象瞪著柳激煙。

只是他連坐也坐不起來。

柳激煙抽了幾口煙，得意的望了望凌玉象，忽然笑道：「我知道你想問我些什麼？」

凌玉象並沒有答話，仍是怒瞪著柳激煙。

柳激煙好像沒看見一般，逕自說道：「你中的是『軟玉香』，那是帝王們專門對付不聽話的妃子所用的，以保龍軀，中了這等悶香，就算有天大的功力，在一個對時之內，休想站得起來，也不用想說話叫喊。」

凌玉象怒視著柳激煙，柳激煙大笑又道：「我知道你生氣我什麼，不錯，龜敬淵、金盛煌，都是我殺的；慕容水雲則是二師弟三師弟殺的。我們就是劍魔傳人。」

凌玉象盯著柳激煙，目光似要噴出火來，柳激煙大笑道：「你別指望沈錯骨來救你了，他此刻，只怕已陪同慕容水雲、金盛煌、龜敬淵等去了吧！」

柳激煙慢慢坐下來，又換了一把煙草，深深吸了一口，煙草發出金紅金紅的光芒。

高山青就在冷血注視莊之洞手中之物的時刻裡，玉杖一震，「颯」地急刺冷血背門！

「飛血劍魔」的「飛血劍式」，被他運用在杖法上，確是非同小可！

杖尖因急風破空，而漾起一陣抖顫！

就在這時，冷血忽然往後疾撞過來。

冷血在此時不進反退，無疑等於是向杖尖撞來！

高山青一呆，杖勢不變，依然刺出！

只是冷血似料定高山青會刺出這一杖一般，冷血這一退，等於身體略為挪動了一點，「嗤」，杖尖刺入冷血身體之中！

冷血往後退勢依然不減，同時「錚」地一聲，冷血已拔劍在手！

高山青猛發覺，他那一杖，乃穿自冷血左脅之下，根本未曾刺中冷血！

而冷血已順著杖身，撞了過來！

冷血發劍，劍自前向後右脅下穿出！

高山青欲退，但馬上發覺杖被夾緊。

高山青若立即棄杖身退，或可逃命，但是高山青的白玉杖向不離身，如今率然捨棄不禁呆了一呆！

就在這一呆之下，冷血的身子，已與他的身子，聚貼在一起，冷血的薄劍也「嗤」地一聲，貫穿了高山青的腹部！

血自高山青背脊標出！

高山青發出一聲驚天動地的怒吼，棄杖，雙臂一攬，欲箍死冷血！

同一時間，莊之洞已抽椎在手，本欲發出，但是冷血不進反退，不禁一呆！

就在那時，他看見高山青的杖，已自冷血左脅之下刺出，也就是說，高山青的杖落空了。

這一杖落空，高山青就有危險了！

莊之洞立時大喝一聲，發出一椎！

這一椎，聲勢凌厲，直射冷血前胸！

而在這一瞬間之前，冷血的那一劍，已經得手了。

冷血一劍得手，立即向旁一滾，連劍也來不及拔出來。

冷血向旁一滾，莊之洞那一椎，等於是落了空，而莊之洞那一椎，卻變作打在高山青的胸膛上！

高山青劇痛難忍，那裡還躲避得及！

「噗」，椎打入高山青胸中。

高山青慘叫，莊之洞又是一驚，急急收椎。

他不收椎還好，這一收椎，等於是把椎上的肉，一齊扯出來一樣！

椎收回，血紛飛。

高山青吼了半聲，便倒了下去，再也吼不出半聲了。

莊之洞又是一怔。

這一怔之間，冷血又滾了回來，猛拔出高山青腹中之劍。

莊之洞畢竟也是老經驗，一見冷血劍已在手，鏈子一起，長椎「呼呼」的轉了一個圓周，所有的燈籠，一齊都被打滅！

莊之洞已迅速換了個位置，躲在門後，在流著汗。

他怎樣也想不出冷血爲何會對他們有了防備。

他現在也不能肯定冷血在那裡。

天地一片昏黑，什麼也看不見，遮住月亮的那一大片烏雲，還沒有消散。

他只是肯定一點，他的聽覺是天下捕快中最好的，打熄了燈他比敵人更有利。

只要敵人一有異動，他便可以出手，用鐵椎粉碎敵人的胸膛，而敵人還不知他在那裡！

他知道，他的武器遠比冷血長，這是黑暗中對敵最有利的地方。

只是他不知道冷血知道他有過人的聽覺。

他也不知道冷血雖沒有過人的聽覺，卻有過人的視覺。

不過只要嗅覺正常的人，都會知道，黑暗裡，血腥味特別濃。

而且有感覺的人都會知道，黑暗中，殺氣更加濃得可怖。

柳激煙仍在暗處抽著煙。

他對面坐著的，正是凌玉象。

凌玉象依然瞪著他，柳激煙一看也不看，一面抽煙，一面喃喃地道：「十年了，自從家師巴蜀人，被你們在華山之巔搏殺後，我們便給上千個仇家追殺，我們那時沒下過苦功，敵人眾多武功高明，我們的享樂生涯，便結束了……要躲，躲去那裡？天下雖大，強仇更多，卻沒有我們躲藏之處！後來，我們想到，只有投入衙門，才是最好的藏身之處，於是我們分別投入不同的官府中，苦練家師的『飛血劍法』，又防別人看出，只好把劍法練出杖法、椎法，以及……」柳激煙揚揚煙桿的末端，這鋼製的煙桿末端是又尖又細的，「以及我這煙桿。」柳激煙又皺眉沉思著抽了幾口煙，煙火在堂內滅滅爍爍，吸時火紅，吐時黯淡。

「終於我們在這公門飯下，喫出了名，沒有人再懷疑到我們身上來了，而我們的招法，也已練成，是報仇的時候了，這仇若再不報，我們都怕你們，熬不住歸了天，那是咱們三師兄弟的遺憾……」柳激煙越說越激動，「當日我猝然出手殺死你三弟時，他拖著重傷的身子去拿蜈蚣鞭，我知道他是活不來了，所以留在席上，沒有走，因爲我肯定你們一定會請我來偵察此案的，正好讓我名正言順的把二師弟及三師弟也請來，把你們逐個擊破……」柳激煙臉色一整道：「我沒料到冷血也會在座中……不過，他也活不長了，三更時分，他必死無疑，算是給你們陪葬吧……」

「篤，篤，篤，篤」打更的人剛剛自門外走過，拿著燈籠，一絲昏暗的光芒，使人看不清楚夜究竟有多黑，多深。

一更了。

打更人顯然覺察不出屋裡的殺氣，也嗅不到血腥味，所以逕自走遠了。

庭院內又回復了沉寂。

冷血躲在門後。

門敞開，門有兩扇。

莊之洞就在另一扇門後。

冷血沒動，莊之洞不知冷血在那裡。

莊之洞也沒動，冷血也看不見他。

其實他們相隔，只有數尺之遙，一旦誰先發現誰，誰就可以猝起發難，把對方斃之於手下。

可是誰也沒發現誰，誰也不知道誰在那裡。

他們像在比賽，看誰更沉得住氣。

終於是冷血先沉不住氣。

莊之洞那超人敏銳的聽覺，忽然聽到，冷血像一支箭自門後衝出來，直標向大廳，去勢之快，無以形容！

沒有東西比莊之洞的椎更快！

莊之洞在黑暗中大喝一聲：「椎！」

聲音甫出，他的鐵鏈「霍」地抖得又長又直，椎子已擊中一件物體！

「噗！」

莊之洞忽然覺得，那東西給他擊碎了，不過顯然只是一個花盆！

莊之洞幾乎是馬上地發現不妙，他的行藏已露！

但他還來不及有任何動作，他的口還說著「椎」字時，牙齒與牙齒上下排之間，僅有的一絲縫隙，突然塞入了一柄又細又薄的長劍！

他還來不及驚恐，只覺喉嚨一甜，便什麼都不知道了。

三　以死亡結束

柳激煙忽然看到月亮的光芒照進來，皺了皺眉，看看凌玉象，又笑道：「凌兄，你知道為何我到現在還不殺你嗎？為什麼我要你們一個一個的死，而不把你們一齊斬盡殺絕呢？」

凌玉象茫然的瞪著他，費力地搖首。

柳激煙笑道：「很簡單，要你們一個一個的死，嘗到親人喪盡的滋味！嘗到恐懼的滋味！嘗到死亡的滋味！我現在等二師弟和三師弟把沈錯骨的人頭送來後，就輪到你了——」

柳激煙忽然站了起來，一連抽了幾口煙，顯然有點不安，「可是我不能久候了，你的迷香，快要過去了，我還是先殺你吧！」一面走近凌玉象，一面喃喃自語道：「奇怪！二師弟、三師弟早應得手了才對呀！」

忽聽外面有人冷冷地說道：「是得手了！」

柳激煙猛地一震！

同時間，窗門碎裂，兩道人影向柳激煙飛撞過來。

柳激煙急退！

那道撞向柳激煙的人影，一撞不中，竟撞跌在地上！

另一道人影，卻撞向凌玉象的座椅！

「砰」！凌玉象連人帶椅被撞開了丈外！

那撞椅的人也倒地不起！

像這種捨命的打法，饒是柳激煙經驗豐富，也從未見過。

窗裂開後，月色如水銀般全幅鋪了進來。

柳激煙定睛一看，只見地上倒下的兩個人，竟是高山青和莊之洞。

而凌玉象和柳激煙，已隔丈餘遠，在他們距離之間，一人如貓足般落地而無聲，月色中，不是誰，正是冷血。

柳激煙已迅速把煙桿柄尖遙指冷血。

冷血也錚然拔劍，劍尖向著柳激煙！

兩人都沒有移動。

柳激煙仍盯著冷血，忽然笑道：「原來是你。」

冷血冷冷地道：「是我。」

柳激煙道：「你辦完事回來了？」

冷血冷冷地一笑，又道：「回來得正是時候。」

柳激煙道：「正好你回來，凌大俠被人灌了啞藥，又全身乏力，我守護著他，只怕力有未逮。」

冷血道：「真可惜。」

柳激煙奇道：「可惜什麼？」

冷血道：「謊話真好聽。」

柳激煙道：「謊話？」

冷血道：「可惜剛才我卻在窗前，把你的真話都聽進去了。」

柳激煙笑道：「我倒是沒料到冷兄兇手不去追查，卻來偷聽別人的隱私。」

冷血道：「兇手我已查到了。」

柳激煙道：「是誰？」

冷血冷冷地道：「兇手是你。」

柳激煙仰天大笑，像聽見了一件十分好笑的事一般。

只是他笑的時候，眼睛卻一點笑意也沒有，亮閃閃的盯著冷血的劍鋒。

冷血也在盯著他的煙桿，縱然在講話的時候，只要彼此在談話間一有疏忽，另一方則即時把握機會，全力出手。

柳激煙仰天大笑了一陣，發現誘不得冷血出手，便止住了笑聲，但仍滿臉笑容地道：「高明，高明。」

冷血道：「你也高明，但是未瞞得過我。」

柳激煙道：「我倒想知道你爲何會懷疑到我身上來的？」

冷血道：「怪只怪在你，以爲在劉九如的屋前伏襲，必能把我一舉殲滅，所以留下了漏洞。」

柳激煙道：「漏洞？」

冷血道：「不錯，你說劉九如曾被涉謀殺，配刺柳州，但我察看他的屍首，柳州囚犯的烙印，在他身上卻找不到，於是我想，像『神捕』也會記錯了嗎？還是故意說錯？我再翻查那些蒙面人，發現他們臂上都有標幟，都是縣城裡禁軍的烙印。這兒有誰能動用這些禁軍好手？」

冷血盯住柳激煙道：「我自然會想起禁軍總教頭高山青，而高山青果然被你邀來了。於是我開始懷疑，你有意誣害劉九如，是不是要使我分神，而轉移目標？假如劉九如是清白無辜的，你有意要我跟蹤劉九如，趁機請高山青的手下殺我。事實上，你做錯了一點，要不是有人先通風報訊，我要跟蹤劉九如，又何來這麼多人追殺區區一個劉九如呢？因爲你要殺的是我，不是劉九如，但殺我不成，只好殺劉九如，使我在劉九如身上打轉，而忽略了你們……」

柳激煙冷笑道：「佩服，佩服。」

冷血道：「劉九如死前對我說了殺他的是一個『公』，這個『公』字，我查看了那些刺客是禁軍之後，便使我想起，那『公』字下面，可能是『公人』或『公差』，在毆鬥事件裡，劉九如見公差出現，必然不防，所以你們也必能一擊得手。」

柳激煙道：「我的計畫天衣無縫，僅犯了這麼一個錯誤，我沒話好說。」

冷血冷冷笑道：「天網恢恢，疏而不漏，沒有一項犯罪計畫，是天衣無縫，況且你的疏漏，不止一個。」

柳激煙道：「不止一個？」

冷血道：「早在你引開龜敬淵或使莊之洞還是高山青引開龜敬淵之時，我便覺奇怪的了。龜五俠生性暴烈，不顧一切追敵，理所當然，但『神捕』怎會捨證人而不護，反而去追趕敵蹤，結果讓阿福被殺——阿福之所以會躲在柴房，不敢見金夫人等，因爲他看見，殺金三俠的是你，而你卻在金夫人之旁，難怪阿福不敢面稟凌大俠了。龜五俠落單，你趁機殺之，再假裝受傷，回到柴房，以爲這樣就可以瞞天過海了……」

柳激煙冷笑道：「實際上，凌玉象、慕容水雲、沈錯骨那一個不也是給我瞞住了！」

冷血冷笑道：「可是你能瞞得久麼？我瞧過莊之洞腰間的椎子，想到劉九如的傷口，心中便很懷疑了，我知道沒有證據，說出來也難使人相信，所以不得不提出要與慕容二俠一道同行的建議，但仍是失著，你們先用大車隔離了我的視線，再使莊之洞、高山青殺了他！要不是我們之中有人通風報訊，誰又能在那兒預先佈下伏兵？」

柳激煙冷笑道：「可是高山青沒跟你同去啊！」

冷血道：「我看見慕容二俠前後兩個傷口，我便懷疑，高山青既無同往，另一個兇手又是誰呢？後來才知道，你提議高山青去搜購易容之物，其實是去執行殺人勾當。慕容二俠雖然聰明，但與十數人搏鬥之中，以爲同行者必能助己，沒料到反遭了毒手……他想告訴我殺他的是誰，莊之洞即放了幾個禁軍與我纏鬥，直至他斷氣爲止。可是你們做錯了。『鐵椎』莊之洞，竟連幾個小賊也解決不來嗎？莊之洞說他殺了幾個蒙面賊，可是我向凌大俠請教過，地上的死人，我都仔細看過了，確是中『七旋斬』而死的，卻沒有一個中椎而亡，爲什麼莊之洞要騙我？這不是都很明顯嗎？慕容二俠說他斫了對方一刀，那中刀的人不是莊之洞而是高山青，所以他才裝成一個令人不想多望一眼的跛腳乞丐，因爲他中刀的地方就是腿部！」

柳激煙一時說不出話來，只好「嘿、嘿」地陰笑了兩聲。

冷血道：「一切只是臆猜，所以我才爲求證據，佯說去見魯知府，事實上，我是去打聽清楚，你、莊之洞、高山青是三人常在一起的，使用的招式，除兵器不同外，出手一招，幾無人可接，手法十分相同。那些蒙面死者，確是禁軍，而且生前對高山青十分唯命是從，而且在劉九如案發之時，高、莊二人，既不在衙裡，也不在府裡，這些都是鐵證，我是急著趕回來，本想設法與凌大俠、沈四俠取得聯繫，把你們一網成擒，沒料到他們已遭了毒手。」

柳激煙恨恨地道：「好，好，我只不明白一件事！」

冷血道：「什麼事！」

柳激煙道：「縱你才智再高，又怎知道莊、高二人何時襲你？如何襲你？如果你不知道，又從何躲開他們天衣無縫的合擊？」

冷血道：「只因他們以為我未曾懷疑他們，但我已經懷疑他們，定必細心觀察，我一回到金府，便發現梧桐樹上有鮮血，高山青的鞋底也有血跡，我便知道，要不是凌大俠已遭毒手，便是沈大俠完了，或者二人同時中伏。我心中想：既是我此時回來，你們定必怕我發現，必殺我無疑，所以我既算定了莊、高二人會出手，而且也從慕容二俠的致命傷中瞭解到他們出手時的位置，所以一出手便殺了高山青，剩下的莊之洞沉不著氣，也只有死路一條了。」

柳激煙忽於咳了一聲道：「冷兄。」

冷血毫無動容，應道：「嗯。」

柳激煙道：「我們是多年交情了，況且同是捕快生涯，他日也有個照料。就請冷兄網開一面，凌大俠我交回給你，二師弟和三師弟的死，我從此絕不與你計較，但求冷兄高抬貴手。」

冷血道：「你和凌大俠是多少年交情了？」

柳激煙沉吟一會道：「三年了。」

冷血冷峻地道：「三年知交，還下這等殺手，今日我放你，他日你殺誰？」

柳激煙苦笑道：「那冷兄要拿兄弟怎麼辦？」

遠處傳來二更梆響。

冷血平靜地道：「只有一條路。」

柳激煙道：「什麼路。」

冷血靜靜地道：「從這兒走到縣衙門口，我送你，你自己去自首。」

柳激煙冷笑道：「辦不到。」

冷血道：「你只有這條路，否則我就拿下你。」

柳激煙冷笑道：「你能拿得下我，爲何還不出手？」

冷血道：「我早已出手了，我出了手你還不知道麼？」

柳激煙全身一震，道：「哦？」

冷血道：「我已發現了你的身分，我已揭穿你們的秘密，我已指出你就是兇手，我已殺了你兩個助手。一開始我就佔了優勢，你的殺氣被我蓋過，你的聲勢被我壓著，你還憑什麼與我的銳氣作戰？你本就不該聽我那番話的！」

柳激煙頹然長嘆道：「不錯。」

冷血道：「你既是逃不了，還是束手就擒吧。」

柳激煙忽然道：「我既是逃不了，爲何你還擒不住我？」

冷血冷笑道：「我擒不住你？」

柳激煙也冷笑道：「不錯。你的方法，只能去嚇唬毛頭小賊，莫忘了我也是大捕頭，我也出了手，你又何嘗知道！」

冷血說道：「你出了什麼手？」

柳激煙冷靜地道：「你一擊疾快無倫，我一擊勢不可擋，但你背上和肩上各一道刀傷，難免會影響你出劍的速度，你奔忙了一天，廝殺了兩場，而我的身體狀態卻正是強盛！你適才已殺死二人，殺氣已減，我今日尚未開殺戒，論殺氣，你不及我！在你身旁，卻還有個不能動彈的凌玉象，我可以一招攻你，也可以攻凌玉象，我身旁卻什麼人也沒有，論形勢，我又勝你！我爲什麼要逃？我正要殺你！」

冷血汗已滴下，冷笑道：「你殺不了我。」

柳激煙道：「也許本來我是殺不了你，但你不該問那些話，現在你已不得不恐懼起來了。」

冷血冷笑道：「你可以試試看。」

忽然間，兩個人都靜下來。

堂內的空氣，也隨之而凝結。

一場惡鬥，即將開始，再多說話，也於事無補了。

冷血心裡知道，以柳激煙的武功，自己只怕很難勝他，而對方也很難戰勝自己，不過二人的招式都是以攻爲守的，只怕一個照面下來，就有傷亡。

柳激煙的想法也是一樣，所以他要力求打擊對方，使對方恐懼或鬆懈，自己才會有機可乘。

冷血盯著柳激煙的煙桿。

柳激煙盯著冷血的劍。

一觸即發。

忽然之間，柳激煙和冷血，各自發出一聲怒吼！

兩人迅速衝近！

是冷血的劍刺中柳激煙？

還是柳激煙的煙桿點中冷血？

眼看他們就要接觸之際，柳激煙的煙桿裡，忽然打出十餘道星火！

原來他的煙桿裡也藏有暗器！

他點亮煙桿裡的煙草，就等於是扳動了活扣，隨時可以發出暗器。

星火耀目，直逼冷血！

冷血始料未及，「嗤嗤嗤嗤」冷血連環出劍，又快又準，劍尖把星火頂飛出去！

可是柳激煙已奪得了先手！

柳激煙煙桿一震，快若閃電，直取冷血胸膛！

就在這時，忽然又是一聲大吼！

在冷血後面的凌玉象，忽然連人帶椅，飛過冷血頭頂，直壓柳激煙！

這一下，猶如泰山壓頂！

而在同一瞬間，凌玉象已自帚柄中抽出了寶劍！

「錚！」

金虹一震，如長虹般擊向柳激煙！

「長空十字劍」！

迷香只能迷住凌玉象一個時辰，現在迷香藥力已過去了，柳激煙與冷血的對話間，凌玉象已悄悄的回復了功力。

柳激煙怒吼，煙桿一震，迎空反刺出去！

金虹疾快，煙桿更快！

煙桿已沒入金虹之中！

金虹頓滅。

「噗！」

柳激煙的煙桿已沒入凌玉象的胸膛！

就在這時，冷血已彈開星火，轉腰出劍！

「噗！」

一道白練，自凌玉象身邊飛過，直投柳激煙！

柳激煙一桿刺中凌玉象，凌玉象的劍再也刺不下去了！

可是凌玉象連人帶椅仍壓了下來！

柳激煙用手一格，震飛了凌玉象的座椅。

就在這一剎之間，柳激煙的視線被遮住了。

白練從下而上，直插入他的咽喉裡！

「嗤！」

柳激煙頓住，帶血的煙桿跌下。

「澎！」

凌玉象及座椅跌落在數尺外。

冷血沒有動，他的劍仍在柳激煙的咽喉裡，又白又亮，正一寸一寸抽出來，不帶一絲血！

柳激煙也沒有動，凌玉象更不能動。

柳激煙用一種致死也不相信的目光瞪著冷血。

冷血猛地一抽，劍倒抽出，柳激煙血噴出。

柳激煙抓住喉嚨，格格作響，瞪著冷血，掙扎說出：「好好，『天下四大名捕』，冷血，我去你的……」

柳激煙倒下，永遠也說不出最後一個字了。

冷血呆了一陣，即奔至凌玉象處。

只見凌玉象臉色慘白，倒在地上，胸前一片血漬。

凌玉象知道是冷血扶著自己，勉力露出一絲笑容，道：「謝謝……謝……謝……你……」

冷血用本身真氣，逼入凌玉象體內，邊道：「凌兄，不礙事的，我叫個大夫來替你治治。」

凌玉象慘笑道：「你，你告訴我……我，沈……沈四弟……是不是……是不是已遭了毒手？」

冷血黯然不語，凌玉象淚眼昏花地道：「我……我……知道了……謝謝你為我們……，五，五兄弟……報了仇……他們……死了……我……我也活著沒……意思，冷兄……我求……你一……事。」

冷血道：「什麼事？你快說。」

凌玉象喘著氣道：「……快……快給我那張……布幔……」

冷血迅速把內堂的黃布幔撕了下來，凌玉象掙扎半起，用手蘸血，在布幔上寫著字，一面巍巍顫顫的，說道：「……我……我大概不能……上公堂了……我寫下這血書……是我的筆跡……來指認……柳激煙他們……三……三人……的罪行……

吧……」

凌玉象竭力支持到寫完了血書，終於無力地倒下，冷血接過血書，凌玉象以無力的雙目看著他，露出半絲微笑，道：「……柳激煙對我說……你……你是兇手……我沒有相信……我不會相信的……」

冷血含淚，不斷點首道：「我知道，我知道……」

他說著「我知道」的時候，凌玉象已閉上雙目，與世長辭了。

「武林五條龍」，就是這樣，被「飛血劍魔」的三個傳人，殺箇乾淨。

可是劍魔傳人，柳激煙、莊之洞、高山青，也是一樣，因這樁事，盡皆死亡！

有道是：天網恢恢，疏而不漏。

——問題是在這張疏網幾時收？

冷血心裡仍在迴響著凌玉象臨死前的那幾句話：

——「……他對我說……你是兇手……我沒相信……我不相信……」

他眼裡的淚光始終不曾搖落。

——他心裡的淚呢？

稿於一九七四年末
羅斯福路三段振眉閣創辦「五方座談會」時期
校於一九九〇年八月十六日
台灣皇冠欲與香港敦煌合印《戰僧與何平》

第二部　血手

一一入幽冥

月色淒惶。

在幽靈一般的月光裡，有一個隱隱約約，淒酸得令人灑淚，但又不寒而慄的女音，在細細聲地唱：「……月色昏，夜色沉，幽冥府內，日月無光，又添無數魂……」這歌聲飄過院宅，飄過小溪，飄過樹林，始終似斷非斷。

在這林子裡，有一團熊熊的野火正在燃燒著，火堆旁或坐或站的有三個人。這是三個虬髯怒目的大漢，三匹馬就停在附近，用蹄兒拍踏著地面，用馬尾拂拍著背脊，來趕走繞飛在它們身邊的蒼蠅。

那三名大漢，一人聚精會神在火邊烤著肉，看他背上的弓箭，顯示出烤著的是獵物；另一大漢在啃著一塊烤熟了的肉，津津有味；還有一名大漢枕著手，仰天而躺，像沉思著什麼。

天地無聲，烈火熊熊，而那歌聲，卻不住地飄來。

那吃著烤肉的那名大漢忽然濃眉一展，「啐」地吐了一口濃痰，怒道：「巴拉媽子，半夜三更的，唱什麼鬼歌兒，要是給老子逮住，先樂她一樂。」

那烤著肉的大漢道：「奇就奇在歌在人不在；剛才俺到林子裡外轉了七八個圈兒，歌聲斷不了，卻鬼影兒也沒一個，邪門，邪門！」忽地「拍」一聲，打了自己一掌。

吃著烤肉的大漢嚇了一跳，道：「老三，你幹嘛打自己的耳刮子？久沒揍過，頭皮發癢了？」

那烤肉漢子笑罵道：「去你媽的，俺是打蒼蠅，怎地這兒附近七、八十里，蒼蠅這勞什子的多！」

那吃烤肉的大漢半晌沒有作聲，忽然又道：「嗨，老二，幹嗎今晚連屁也不放一個？」

那躺著的大漢道：「我在想著東西……」

那吃烤肉的大漢不耐煩地道：「什麼鬼主意？看你樂不樂，愁不愁似的——」

那躺著的大漢一躍而起道：「大哥，今夜做不做買賣？」

那吃烤肉的漢子一呆，道：「這裡七、八十里，有人家也養不了一頭牛，咱們那有買賣做？」

原來這三名大漢，是有名的「陝西三惡」，是陝西一帶的巨盜，老大「開山斧」鮑龍，老二「賊公計」鮑蛇，老三「穿雲箭」鮑虎，三人的武功都不弱，不知有多少武林好手、鏢師護院，死在鮑蛇的毒計中，鮑虎的暗箭上，鮑龍的鐵斧下。

當下鮑蛇道：「大哥，你有沒有聽說過這湘江一帶，有座『幽明山莊』嗎？」

這回鮑虎搶著道：「有，聽說『幽明山莊』莊主家財萬貫，又喜收集金銀珠寶，有好大的幾口箱子……」

鮑龍卻沉著臉道：「不行，咱們『陝西三惡』真的吃了熊心豹子膽麼?那『幽明山莊』莊主石幽明，據說武功已入化境，連咱們道上的大阿哥『九子冷連環』也在他手裡吃了大虧，號稱『湘江第一人』，咱們三人的道行，也配打『幽明山莊』的主意嗎？」

鮑蛇卻搖手笑道：「大哥有所不知，『幽明山莊』現在變了『幽冥山莊』啦。」

鮑龍奇道：「這話怎麼說？」

鮑蛇侃侃而道：「據說『幽明山莊』已遭大劫，全莊上下，無一倖免，究竟是遭到什麼人的毒手，則不得而知，聽說死在莊內的人一個個瞪目呲牙，死狀極慘，血被吸乾，屍首殘碎，所以人人都說，『幽明山莊』鬧鬼就成了『幽冥山莊』了。」

這時歌聲忽斷，風聲蕭蕭烈火似明似滅，樹林蟲鳴大盛，鮑虎有點心驚膽戰，道：「二哥，你別嚇唬人。」

鮑蛇笑道：「怎會嚇唬人呢？我聽說那些把『幽明山莊』裡屍首抬出來的人，都說莊內的財物，絲毫不亂，全部東西都擺在那兒，絲毫無人動過……」

鮑龍大喜道：「既是莊內無人，『幽明山莊』家財千萬，我們正好下手！」

鮑蛇卻搖手道：「大哥勿躁，這『幽明山莊』確是有些邪門兒，一年來，如咱們兄弟動過這莊子腦筋的人，少說也有一、二十人，但一入『幽明山莊』，如泥牛入海，沒有消息，據說有些人的屍首發現在『幽明山莊』後山上，被剖腹剮心，通體蒼白，咽喉上有兩個齒印，連血都被吸乾——」說到這裡，寒風吹來，不禁打了一個突。

鮑龍卻冷笑道：「二弟，怎麼你也信起邪門來了？管它人還是鬼，只是『幽明山莊』的死鬼莊主不在，老子一板斧，叫他是鬼也給俺劈了！」

鮑蛇笑道：「大哥神威驚人，自是不怕，再說那些進入『幽明山莊』的人，比起咱們三人，只怕連大哥你三斧都接不下，咱們兄弟今晚親自出手，自又不同。不過，這『幽明山莊』邪門兒是馬虎不得的，那些宵小進入『幽明山莊』，力不如人，被豺狼吃了也不一定，可是那些曾進入過『幽明山莊』的抬屍首的鄰人，也紛紛在一月之內，大叫一聲便莫名其妙地死了，這麼一來，『幽明山莊』就成了鬼魆之地，住在附近的人，也搬到遠遠去了，『幽明山莊』鬧鬼一事，更是確實了——」

鮑虎顫聲道：「既是如此，咱們就免去惹『幽明山莊』了。」

鮑龍吼道：「老三，放著金銀珠寶不要，你少給我丟人。」

鮑蛇卻道：「大哥莫怒，要是我不敢去，也不必在你面前提這莊兒了，不過咱們得步步爲營才好。」

鮑龍大笑道：「這才是我的好二弟！就算石幽明未死，俺也可以擋他幾斧，勝之不易，要逃卻也不難，老三，你去是不去？」

鮑虎苦著臉道：「二位哥哥都去，我怎敢不去！」

鮑龍暢笑道：「諒你也不敢不去！對了，老二，山莊在何處？」

鮑蛇遙指道：「靠近了，就在林外。」

鮑龍晃一晃手中大斧道：「好呀，今晚俺要砍鬼了，呼，呼，呼，一斧一隻鬼，哈哈哈，咱們打馬就去！」

三人三騎，奔行如飛，不消一刻便到了林子外面，只見一角飛簷，掛在樹林天外，「陝西三惡」互顧一目，即策馬出林，只見一座氣勢沉雄的大莊院，出現在眼前。這座莊院建於密林與絕崖之間，沉沉大度，氣勢非凡，只是荒於修建，所以已顯得鬼氣森森，三人勒止了馬，那似斷非斷，似喜若泣的歌聲，又在三人的耳邊響起。

「……月色昏，夜色沉，一入幽冥，永不超生，可憐無數魂……」

鮑龍「霍」地躍下馬來，叱道：「吵得人好心煩，咱們這就進去。」

鮑虎聽了這歌聲，心目中著實有些兒發毛，當下道：「大……大哥，真的要進去呀？」

鮑蛇忽然道：「也好，大哥，咱們就留下三弟照顧馬匹，免得咱們進莊，馬兒反給人偷了，那時幾箱珠寶，要搬也極難，三弟，若是我和大哥出不來了，你就遠遠逃掉好了，永遠也不要來這兒，反正連我和大哥也非其人之敵，你去了也是送死。」

鮑虎巴不得不必進內，眼見偌大一座莊院，陰風陣陣，寂靜無聲，當下道：「我守候大哥、二哥便是。」

鮑龍冷笑道：「你多給我留點神。」望了鮑蛇一眼，三手兩腳的，爬上了牆壁。

這「幽明山莊」的院牆，足有丈來高，異常堅固，縱是「陝西三惡」輕功不弱，也不能一縱而上。

鮑虎眼看鮑龍和鮑蛇上了牆頭，向牆內打量了一陣子，揮了揮手，便躍了下去，再也沒有任何聲息了。

鮑虎眼巴巴的等著，寒風吹來，樹葉沙沙，鮑虎幾次都幾乎以為是有人在他背後頭上吹氣。等了一個更次時分，鮑龍和鮑蛇都沒有出來，院內連一點聲息也沒有。因爲牆高，鮑虎也看不到院內發生了什麼事。

鮑虎硬著頭皮等下去，又是一個更次了，裡面還是一點聲息也沒有。按理說，就算鮑龍和鮑蛇要偷整座莊院的錢財，也早應得手了，縱或鮑龍和鮑蛇遇敵，也總該有點聲息呀。鮑虎想想，十分不對勁，鮑蛇叫他獨自先逃的話又響在耳邊，不過鮑蛇還算是重義的漢子，一想多年來三兄弟橫行江湖，若兩個兄長已身遭不測，自己活著，又有什麼意思?想著想著，一咬牙，拔箭便射，「颼」地一聲，箭頭嵌入牆上，箭尾繫著長繩，鮑虎手執繩子，一下子便拉上牆頭，往下一躍，便消失在牆內。

不過他一躍入牆內，即發出一聲撕心裂肺的、驚恐已極的慘叫。這一聲慘叫過後，便再也沒有什麼聲息。「幽明山莊」仍一般靜寂無聲，也沒有人從裡面出來過，山後偶然傳來幾聲慘烈的狼嗥。

「幽明山莊」依然如一座巨無霸地立在山壁之上，黑暗一片，了無聲息。

沒有人再見過「陝西三惡」。

牆頭上的繩子，以及利箭，漸漸因風雨侵蝕，繩子已長滿了青苔，利箭上生滿了鏽。

晨陽的光輝，自樹縫間撒了下來，照得令人渾身舒泰，很是好受。林子裡，有盈滿朝露的野草，霧濕枝枒。

忽然一陣蹄聲，急傳而來，顯然趕程飛快，頃刻已馳過林子，奔出林外，猛然勒住了馬，這一共四匹馬，在急馳中仍被一勒而止，而且四匹馬毫不驚亂，可見馬上的四個人，膂力奇大，兼且配合無間。

馬一止，馬上躍下四個壯年僧人，寬袍大袖，走動之間霍霍生風，四人雖體壯力大，但落馬一躍，竟不帶一絲聲響。

這四名僧人，在「幽明山莊」門前停下，四顧左右，忽聽林裡一陣長笑，並有人朗聲道：「少林達摩院龍、虎、彪、豹四僧，果然名不虛傳。」只見一名白髯老翁，拄杖行近，這老翁雖年事已高，但雙目炯炯有神，手中所持的，少說也有四、五十斤重的拐杖，老翁提起來卻毫不費事。

這老翁身旁有兩個人，一人年約四、五十歲，長眉黑髯，樣子十分剛正，另一人約二十餘歲，但樣子十分世故，卻又謙和沖虛，文士打扮。

那四名僧人齊齊向三人合十道：「阿彌陀佛，小僧等來遲，尚請翁施主莫怪才好。」

那老翁笑道：「這次是老夫相約少林、武當二派高手相助，自應先到此地相候，令四位勞碌奔波，老夫已心生不安，何敢怪罪；哦，對了。」那老翁指著那臉容剛烈的人道：「這位是『十絕追魂手』過之梗先生，那位就是『笑語追魂』宇文秀宇文學士，你們彼此，大概早已見過了吧！」

少林四僧鮮出江湖，當然並未見過二人，不過曾聽說河南有位秀才，文武兼備，但最喜收集民間異事，據說爲此而撰寫專書，這人似乎便是眼前這位「笑語追魂」宇文秀；另外江湖有一性格剛烈的好手，叫做過之梗，有十種絕技，座下有十名弟子，一人只學得一技，在江湖上已大有名頭，眼前這人，顯然便是那「十絕追魂手」。當下四僧雖自視甚高，也十分恭敬地向宇文秀及過之梗合十爲禮。

過之梗只冷冷的一點頭，道：「我跟你們來意不同，我是要到這鬼宅中找回我的三個逆徒處死，我們可以不必打交道。你們還婆婆媽媽不休，我自己可要進去。」

宇文秀卻恭恭敬敬還了一揖，向過之梗笑道：「過兄，此言差矣，要知道這所『幽明山莊』裡，奇案迭生，石幽明一家二十三口，也死得不明不白，繼續下來，不管是尋訪石莊主的還是偷入莊內盜物的，都一一暴斃，或下落不明，弟撰寫《滄海搜秘錄》，正需親自目睹這等題材，可是眼見連石莊主這等人也遭不測，弟也不敢貿然入莊，過兄若太急躁，不是自甘冒險麼？再等武當三子來，咱們並肩入莊，縱對手再強大，咱們也可有個照應呀。」

過之梗的脾氣最爲躁烈，原來他收了十個徒弟，其中的老七、老八、老九是三個兄弟，學的是「開山斧」、「赤練鞭」與「穿雲箭」，可是這三人卻偷偷在師父背後，無惡不作，壞了過之梗的名頭，過之梗爲人剛烈，行事十分嚴正，怎讓這「陝西三惡」橫行江湖，於是下令殺之不赦，可是事前走露風聲，「陝西三惡」連夜脫逃，一路上姦淫殺戮，無所不爲，過之梗與座下七名弟子分頭追蹤，知道這三人乃逃往湘江一帶，月前聽說「幽明山莊」院牆上有一支箭及繩子，乃自己所製的獨門箭及繩索，當下趕至「幽明山莊」意圖看個究竟，若「陝西三惡」要是死了，那也罷了，若還生存，則非親手斃之不可。可是途中遇到了宇文秀，宇文秀聞說「幽明山莊」鬧鬼，而過之梗又是趕去嚴懲惡徒的，於是宇文秀便要跟在後面，看個究竟，來到「幽明山莊」門口，卻遇「鐵拐」翁四先生，翁四也是爲「幽明山莊」而來的，翁四要求宇文秀與過之梗及少林、武當派高手齊至後，才一齊進入「幽明山莊」，宇文秀當然遵從，過之梗雖然暴躁，但礙在翁四的面子，沒敢發作，不等也得等。

要知道「鐵拐」翁四，不單止武功不弱，而且為人正義，素得俠名，又曾在少華山，巧遇過七大門派的掌門人，而且跟「風雲鏢局」局主，人尊稱為「武林第一人」、「天下第一刀」的「九大關刀」龍放嘯有甚好的交情，所以一般黑白道上的人，都敬翁四三分，懼翁四三分。不過「鐵拐」翁四之所以力阻過之梗貿然入莊，也出自一番好意，因若敵人真能把「幽明山莊」莊主石幽明也放倒的話，只怕過之梗單人匹馬闖入，也絕討不了便宜。

翁四此番來「幽明山莊」，目的無他，他與「幽明山莊」莊主石幽明，有過數面之緣，石幽明為人冷傲，少有深交，但翁四乃重義之人，得知「幽明山莊」中的人死得不明不白，故前來「幽明山莊」看個究竟，可是他行事素來小心，先約好少林、武當二派的好手，一齊來查明真相。

九年前七大掌門人在少華山相聚，誤飲山泉，泉裡有毒物，七大掌門運功逼毒，而「血衣派」的惡徒趁機偷襲，幸翁四先生路過少華，才解了七大掌門人之危，少林、武當二派，素來是武林宗主，「幽明山莊」兇案，不但驚動了衙門，也驚動了少林、武當，而今翁四有書相請，少林即派出達摩院內「龍」、「虎」、

「彪」、「豹」四大弟子前往，武當一派也遣「武當三子」趕來湘江。這時忽聽馬蹄急馳之聲，三名白衣中年道人，由遠而近，「鐵拐」翁四大笑道：「可是『武當三子』大駕光臨了？」

馬上三人一勒馬，徐徐步下，長揖笑道：「武當三子，見過翁先生。」

翁四頷首道：「好。我們這就入『幽明山莊』，不管此莊內有何妖魔邪怪，咱們十人，也足以應付了。」當下哈哈大笑，當先大步入莊。

少林四僧、武當三子、及「十步追魂手」過之梗以及「笑語追魂」宇文秀相繼步入。

「幽明山莊」依然寂靜一片。

沒有聲音。

忽然隱約可聽見莊院最深處，有人慘嚎、驚叫、哀號、痛呼之聲，慘絕人寰。而以這十名武林高手，就算遇上強敵埋伏，也絕不至如此恐慌和狂亂的。

一陣驚嚎過後，又寂靜無聲了。

第二次驚呼聲響自莊院之中，顯然那些武林高手已不求闖入，只求速退，但退至莊院之中，又發生了第二件可怖之事。

這一陣慘呼後，又是片刻的寂靜無聲，驀然又是一陣慘叫、哀嗥，發自靠近莊院之外，顯然這些武林高手已退至莊院圍牆之前，又遭受到一次極大的恐慌。

「砰」！「幽明山莊」之大門猛地被劈開，一人披頭散髮，衣衫破碎，滿衫鮮血，目光發赤，發了狂一般地衝了出來。十隻手指，自第二關節起，竟都硬生生被折斷了，碎骨刺破肌肉，滿手是血，竟是宇文秀！

這「笑語追魂」平素的冷靜與鎮定，盡皆不見，現在他狀若瘋狂，拚命狂奔逃離「幽明山莊」，他的頸項上隱然有兩隻牙印，一面狂奔，一面狂叫：「鬼……那聲音……活不了！……放開我……我的功力……啊……鬼……龍吟秘笈……鬼！」

二　關東奔雷

三年後，一個風雪漫天的冬夜裡。

「幽明山莊」三十里外，「小連環塢」，「楓林渡頭」。

這裡附近一帶，三四十里內已無人家，有也早搬個乾乾淨淨，自從「幽明山莊」鬧鬼一事傳開來後，「幽明山莊」真的就成了名符其實的「幽冥山莊」，住在附近的人，搬之不迭；取道的人，不惜繞遠道過「幽冥山莊」。

當然有些自視甚高，膽色過人的武林豪傑，不願改道而行，或是一些趕路的人，以及不知「幽冥山莊」鬧鬼的人，仍會打從此路經過，不過還是馬不停蹄，不敢向「幽冥山莊」望上一望，彷彿望上一眼也會有大禍臨頭似的。

要經「幽冥山莊」出湘江，必經過這「小連環塢」，這小小連環塢裡水路分十三道，錯綜迷離，不諳水道的人，很容易迷失，所以稱爲「小連環塢」。「小連環塢」只有一個渡頭，叫做「楓林渡」。因爲「幽冥山莊」鬧鬼事件發生後，渡客奇少，不少船家都不幹了，要渡船也相當不容易。過客不諳水路，難以過渡，也促成此道極少人經過的原因。可是到了冬天，水道結冰，反而易行；現在正是初冬時分，冰薄結，但仍未可通人。

「楓林渡頭」之旁，有一個酒家，打著破爛的酒旗，在北風中、雪花中，像一個巍巍顫顫、滿頭白花花的老翁在招招搖搖。「幽冥山莊」的過客都會在這小客店中打酒壯膽、小息提神及充飢解渴，以打足精神，過「幽冥山莊」。

這家小野店，叫做「楓林小棧」。

這日風大、雪大，賣酒的老頭兒看著呼嘯的北風、陰黯的天色，喃喃地道：「看來老天爺再下幾天雪，渡頭的冰兒就要堅了，便可以過人了。」一面撥著算盤，發出空洞的「得得」之聲，忽聽小夥計阿福在門口大嚷道：「老爹，老爹，有客人來了，有客人來了。」

老爹一怔，心道今年的來客倒特別早，出門一看，只見風雪之中，走來了一對男女，沒有座騎，衣著單薄，但在風雪之中，兩人飄飄若仙，毫不費力，已到了店前。老爹不禁張大了口，因爲此地荒僻，向無人煙，常有雪狼等出沒，一般婦孺，尚不敢出外，而今這兩個年輕男女，不過二十幾歲，竟穿著這樣單薄的衣服出門，老爹倒是向未見過。只見男的身段頎長而略瘦，但眉宇之間，十分精明銳利，猶如瓊瑤玉樹，豐神英朗；女的一身彩衣，垂髮如瀑，腰上挽了一個小花結，結上兩柄玲瓏的小劍，更顯得人嬌如花，容光照人。那女的看了看發楞的老爹，抿嘴一笑道：「老爹好。」

這一笑，更是有傾國傾城之貌，老爹呆住，連大夥計阿笨小夥計阿福，也說不出話來，那青年笑道：「老爹，有沒有喫的，先來一盤？」

老爹如夢初醒，招呼上座後，關切地道：「二位客官，要過『楓林渡』啊？」

男的笑道：「不錯。」

老爹呵著氣道：「兩位客官不嫌老爹嘮叨，老爹要相告二位，那兒的『幽冥山莊』，死了好多人哇——」

男的笑道：「我倆知道，不打緊的。」

老爹看看這對男女氣宇非凡，顯然是貴家子弟，背插長劍，可是又不放心，於是道：「二位不怕鬼呀？」

女的嬌笑道：「那會有鬼？」

老爹見女的尚且不畏懼，當下又道：「二位穿得那麼單薄，敢情不怕寒咧？」

女的笑道：「寒？我們不冷呀！」

老爹知道這兩人定非常人，當下不再嚼舌，酒菜都送了上去，這對男女正在吃著時，忽然不知何時，店門已經站住了兩人，這對男女連頭也沒抬，繼續小聲交談，並挾餚吃菜，老爹及兩個夥計，都嚇了一跳，老爹幾以爲自己老眼昏花了，竟沒看見這兩人是如何走進來的，當下趨前笑迎道：「二位客官，請坐，請坐。老朽老眼昏花，怎沒看見二位大駕？」仔細一看，只見二人居然長得一模一樣，冷靜沉穩，不過一個是斷了右臂，一個是斷左臂罷了。

那老爹一問，兩個漢子都沒有說話，找了一個地方坐下來，點了菜，那右邊的漢子冷冷地說了一句：「雪花飄的時候，我們便進來了。」那老爹看見風吹掛簾，果然是有雪花飄進來，但也不怎麼明白這人的話，忽見破簾飄起處，有七名大漢，已行近店門。老爹大叫道：「阿笨，阿福，迎客！」

只見那七名大漢，粗眉大眼，橫步而入，神態卻都十分沉靜，與形象大爲相異，奇的是這七人腰上各懸掛兵器，但卻件件不同，爲首的一人，掛的是一雙流星鎚，第二個人掛的是鏈子槍，第三個人拿的是丈二金槍，第四個人纏的是軟索，第五個人執的是雷公轟，第六個人拿的是判官筆，第七個人抓的是一柄長鐵椎，鐵索不住地搖晃，更奇的是這些大漢在冬天赤敞著胸膛，胸膛上居然都用刀刻著兩個字：「復仇」！這兩個字不單是用刀刻的，而且想來刻的時候下刀必十分之深。這七人使的兵器，在武林中，並不多見，都屬於奇門兵器。

這幾個人也不發話，靜靜地坐著。忽然門簾又無風自盪，四名灰衣老僧，雙掌合十，魚貫而入，在一張桌子旁坐下，更不發話。那老爹、阿笨、阿福正錯愕間，只聽又是一陣急蹄聲，馬急止，幾乎在馬止長鳴之際，兩名老道羽衣高冠，背懸長劍，飄然而入，幾乎下盤不動，一入店門，見到四僧，長長一揖，四僧也連忙合什，唱了一個喏爲禮。

這時候，店內又走入了一人，這人一身錦衣，態度雍容，叫一壺酒，逕自斟飲；這時店外老遠就響起了一陣沉重的腳步聲，一步一步的，既不快，也不慢，聲音沒有減弱，也絕不增強，慢慢走到店門，「颼」一聲掀起了布簾，走了進來，在錦袍大漢的對面坐下，也是一言不發，自斟自飲。要知道這人腳步聲如此沉重，內力必高，在數十丈外，腳步聲便沉若行雷，已屬難得，而來人不因行近而使步聲疊增，仍保持一樣，這份內力，就更加不可思議了。那對青年男女，男的抬頭，向這重步而入的黑袍客深深地看了一眼，那女的卻猛抬頭，凝看向錦袍大漢，同時間黑袍客與錦袍大漢也抬目，向這一男一女望來，四人眼睛裡忽然神光暴長，各自低頭喝酒。

那老爹、阿福及阿笨，幾時看過在這樣一個活見鬼的冬夜裡，竟來了這麼多奇奇怪怪的客人，心中正大呼詫異的時候，又有四名頭陀，忽然閃入，來勢之疾，無可形容，眼看四人就要撞上一面大桌，老爹正叫得一聲，那四人卻不知怎的，突然變得好端端的各佔一席，那老爹才吁了一口氣，只覺今晚真是邪門。

在這之後，客店內又來了四個金衣壯漢，六個武林豪客，又相繼走入客店之中，一時之間，老爹和阿福、阿笨三人，忙得不可開交，而這後來的十人，談笑之間十分無拘無束，雖仍似各懷心事，但還不若最先入店的一男一女、斷臂兩人、七名胸雕「復仇」大漢、四名老僧、兩名老道以及錦衣、黑袍兩人和那四名頭陀神情凝肅。這十人大笑大鬧，大飲大食，除那四名老僧、兩名老道及那青年男女外，各人臉上都顯厭煩之色。

這時店內的位置，已完全坐滿了，忽又一陣喧嘩，店外人聲嘈雜，阿笨幾時見過這種陣仗，不禁苦笑道：「我的媽呀。」阿福走前去跟老爹說：「老爹，今日生意過後，您老就多賞給阿福幾個錢啦。」

老爹用手輕拍著阿福的頭，催促而憂心地道：「去，去，去，快去幹活兒，我老爹看這些人只怕都不是常客，得罪了只怕店都砸了，還要少給你串錢兒哩。」

說著時，門外的人已走近店門，兩名大漢首先掀起布簾，一個打扮得一身華貴綢服的少年公子，笑嘻嘻的走了進來，一進來即掩鼻道：「這店兒好臭。」

那掀簾的大漢笑道：「公子就屈就一些，先歇歇，待冰結時好上路。」

另一名大漢則陪笑道：「咱公子乃京城第一才子，那個地方沒有去過?這等小店，能獲公子光臨，不知是幾生修來的福了。」

那公子哥兒拿著玉瓷鼻壺，用手抹了一抹，在鼻子上吸了一吸，滿不在乎的大模大樣，走了進去，後面竟跟著十八個人，有老有少，臉上不是阿諛，便是乖戾、猥瑣的神色。那爲首的公子，樣子還不難看，但十分女兒腔，又自以爲樣子清俊，裝模作樣，裝腔作態，令人舌酸肉麻。

這二十來人，進了店內，見店裡已坐滿了人，這公子哥兒背後的一名背插虎頭鐺的大漢便吼道：「咱們白帝城大公子常無天常公子來了，你們還不迴避，不知死麼?」這大漢嗓門也挺大的，喊了幾聲，卻無人抬頭看他一眼，這大漢仔細一看，只見店中諸人神色肅穆，這狐假虎威之徒，竟嚇得再也沒敢出聲。

只聽見那身著彩衣的少女向那頎長朗俊的青年笑盈盈地道：「這公子打扮的人，是白帝城富豪之子，叫做常無天，他爲富不仁的父親替他請了幾個有名的護院，也學了一身武功，但這種人從不好好下苦功學武，所以武功有限，倒是作惡纍纍……」那少女娓娓道來，那少年不住點首。

這一來，店中的老爹、阿福、阿笨都替這倆捏了一把汗，因爲那少女旁若無人的談話，那常無天已聽到了，大怒回首，眼前一亮，竟是如此一位天仙化人的美女，當下見色心開，怒氣頓消，嬉皮笑臉地說道：「小娘子，好哇，妳說我功夫不濟，來來來，回去給公子我練練功夫，妳就知道公子我的『功夫』，嘿嘿嘿，是好還是不好了……」

那青年猛向常無天一望，目光煞氣畢露，那常無天倒是被唬了一跳，常無天身旁的五個身著紫衣的猛漢向常無天壓低聲音道：「常公子，這娘兒咱兄弟替你拿下，殺掉那男的，如何？」

常無天露齒笑道：「快去快去，重重有賞。」

那五名大漢一聽有賞，爭相步出，其他的人一聽有賞，只恨自己錯過了搶功的機會。

那五名紫衣大漢已走近那對青年男女的身後，其中一名臉頰長有肉瘤的大漢喝問道：「小娘子，妳跟不跟我家公子風流快活去……」

那彩衣少女依然情深款款，望向那青年，似完全未察覺到五人就在身後，仍侃侃而道：「那些人都是這常無天的食客，可惜個個都只會助紂爲虐，姦淫搶擄，無所不爲，助長常無天無法無天；像這五個穿紫衣的，便是『江左五蛟』，當日專搶漁舟殺人，無惡不作——」

那臉長肉瘤的大漢聽到這裡，無名火起三千丈，當下「錚」地拔刀，一刀往那青年的頭頂砍了下去，一面道：「好！俺就宰了妳的姘頭再把妳獻給公子！」

那青年仍注視著那彩衣少女，像就算有天大的事，也不願把目光離開了少女，對這一刀，竟是全然未覺。

正在那時，坐在東首的黑袍人突然站了起來，根本看不清他有何動作，忽然已到了這長肉瘤的漢子前面，這長肉瘤的漢子只覺眼前人影一花，手腳竟似被人全部吸住，掙脫不得，那一刀再也砍不下去了。

那黑袍人面對面抓住了這長肉瘤的大漢，忽然衝出店外，這店裡已坐了不少人，店門更有十多二十人，但這黑袍人一縷煙般閃了出去，連別人的衣角也不沾一下，店門的布簾也不多揚一下，外面的雪地上，便傳來了一聲短促的慘叫，那黑袍人倏地閃入店內，已坐在原地對著錦衣人的位置上，用一雙帶血的手，氣定神閒的喝酒，像什麼事情也沒發生過似的。

適才這黑衣人入店時，步聲沉重，可見內功之深厚，可是適才所露的一手輕功出手之快，更加不可思議。

只見那彩衣少女仍笑容可掬地向那青年道：「……這位黑袍先生，來自粵東，內力有極深的造詣，據說他十二歲時便用內力震死以內功稱絕的河北『金爪獅魔』戚威，剛才那一式是『吸盤大法』中的『寸步不移』，那大蛟如何能夠接得下來！……這先生外號『黑袍客』，姓巴，名天石……」

說到這裡，那黑袍人向彩衣少女望了驚奇的一瞥，他沒料到自己一出手之下，竟會被這少女道出了來歷，這彩衣少女向這「黑袍客」盈盈一笑，這時，那「江左五蛟」的四蛟，如夢初醒，情知大蛟已遭毒手，大喝一聲，紛紛出刀，向這「黑袍客」巴天石劈去。

巴天石不閃不躲，那青年向彩衣少女微微笑道：「適才這位巴先生出手救我，乃是爲了咱們的事，而今這四人卻往他身上招呼，我倒是該出手了——」「出手」

二字才出口，忽然起立，人仍站在原位，忽然手上多了一柄細長的薄劍，「嗤」地一聲，劍光一斂，劍已還鞘。

那四名紫衣大漢，只見眼前劍光一斂，還不知如何是好，手上「噗」地一聲，掌心已被劍尖穿過，手中刀鏘然落地，四人盡皆如此，原來在「嗤」地一聲中，這青年已刺出了四劍，四聲急速的「嗤」，連成一聲較長的「嗤」聲，那四名「江左五蛟」那有見過這麼快的劍法，被刺中後驀見手上流血，才知道疼痛，撫手痛呼不已。

那青年淡淡地坐了下去；那「黑袍客」巴天石驚異地望了那青年一眼，而他對面的錦衣大漢，卻脫口道：「好劍法！」

但在突然間，奇變又生，那四個痛得在地上打滾的「江左五蛟」之四，忽然似被一股巨流吸得向後疾退，倒撞向店裡大門。

這股大力吸得四人向後倒飛，眾人大是詫異，抬頭一望，不知何時，店內竟站了一個六十上下的銀鬚老翁，赤臉通紅，身高七尺，極是壯碩，一身著火紅大袍，腰間懸著一面板斧，斧面亮黑，閃閃地發出烏光，少說也有五六十公斤。

這紅袍老人吐氣揚聲，雙手一翻，竟自掌心之中，捲出兩道氣流，把「江左四蛟」吸向自己，眼看三蛟和四蛟就要分別撞上他左右雙掌時，這紅袍老者忽然雙手一分，自左右兩桌的筷子筒中拍出二根筷子，握在手中，這時三蛟與四蛟已撞了上去，「嗤嗤」二聲，那筷子竟自二人背後貫入；二蛟和五蛟也撞了上來，紅袍老者左右手食、拇二指一彈，又是「噗噗」二聲，筷子竟從三蛟和四蛟的前胸帶著血箭飛出，又刺入二蛟和五蛟的後胸，四人連慘叫也沒有一聲，齊齊倒地斃命。

這紅袍老者露了這麼一手，自是人人大驚，因爲這雙掌竟能把人吸得倒飛，也夠聳人聽聞，而紅袍老者竟以筷子殺人，每一絲、每一扣，無不捏得十分準確，而且下手狠辣，轉眼殺了四人，臉不改色。

更奇的是，這紅袍老者看來笨重，但何時到了店門，連站在門前的常無天這干人也一無所覺。他拔筷子的那一手，坐在左右兩邊桌上的四名金衣壯漢與六名武林豪客，連看也看不清楚，更吃驚得張大了口，說不出話來。

只聽那紅袍老者傲視全場，朗聲道：「老夫屈奔雷，關東來客！」

屈奔雷這三個字一說，全場十個有九個莫不臉色大變，連黑袍客與錦衣大漢，也不覺微微變色，兩名道人微微一震，四名老僧八目齊張，神光暴長。不變色的唯有那青年人，以及那老爹、阿福及阿笨，後者三人，根本不懂江湖中事，什麼「屈奔雷」、「娶笨女」等的，他們可丈二金剛，摸不著頭腦。

彩衣少女一雙妙目，亦注視了屈奔雷一會，才向那青年人悄聲道：「這人呀，叫做屈奔雷，又叫『一斧鎮關東』，行事於正邪之間，性格剛烈，脾氣古怪，不過從不作傷天害理之事，只是明目張膽的搶劫燒殺，這人可幹得多了；據說他武功很高，內功外功兼備，鐵斧也使得出神入化，公子，你的快劍遇著他，可得小心了。他這個人，行事喜歡獨往，不喜與人同行……」

那少女說話極其輕聲，偏偏屈奔雷都好像聽到了，突然轉過頭來，臉上乖戾之色竟也減了大半，向彩衣少女咧嘴一笑道：「小姑娘，倒沒料著妳也曉得大爺的名頭。」

原來這「一斧鎮關東」屈奔雷，年近六十，但豪氣干雲，行事的確獨行獨斷，生平得罪了幾乎一半江湖上的人，可是武功高極，沒有人能制得了他。

只聽屈奔雷朗聲道：「咱們明人不作暗事，諸位來的都是爲了『幽冥山莊』的事，大爺是爲莊裡的『龍吟秘笈』而來的，跟大家是同一目的的人，如果自認不是大爺的對手，知趣的先滾！免得大爺動手發落！」聲音震得店內屋上的瓦，簌簌落下一些塵土來。

這時跟在常無天後面的十來個人，有四五個曾在屈奔雷手下吃過苦頭的，再也不敢招惹，偷偷地開溜了；那常無天看見來人一出手間，便殺了「江左五蛟」，這常無天性子十分涼薄，竟不圖復仇，心忖：自己有財有勢，不如引此人歸爲自己的屬下，不是更可放心胡作非爲，當下阿諛地笑道：「老丈的功夫，高明得很呀，少爺我……」

屈奔雷猛地雙目一瞪，常無天竟嚇得「騰、騰、騰」地退了三步，只聽屈奔雷吼道：「你是狗，大爺沒跟狗說話！」「砰」地一拳擊出。

這一拳只是平平板板的擊出，也不知怎的，常無天把頭一偏，竟沒避得開去，這一拳敲在他的牙板上，兩排門牙，全都飛了出來，有三、四枚，還和著血吞到肚子裡去了，常無天哇哇叫道：「打！打！打！給我打！」

這時常無天身旁的食客，有四個人是常無天的護院，雖懼屈奔雷，但爲了飯碗，更不敢開罪常無天，心忖這老傢伙雖厲害，但雙拳難敵四手，不如一齊去制住了他，於是四人同心一意，齊齊大喝一聲，分四邊向那屈奔雷撲來。

這四人剛剛撲近，尚未出手，屈奔雷哈哈一笑，臉對東面的大漢道：「打你天靈蓋！」

那大漢一呆，屈奔雷的拳已搥在他的腦門上，登時沒了命；屈奔雷又是一轉，面向南面的大漢道：「打你人中穴！」

那大漢的拳才伸出，只聽對方要打自己，忙收手欲招架，但人中穴「碰」地一聲，已被屈奔雷一拳打中，鮮血長流，那還有命？

屈奔雷又是一轉，面向第三名大漢，這大漢見連倒二人，早已嚇呆了，只聽屈奔雷道：「打你胸膛！」

那大漢忙手封胸前，但屈奔雷仍一拳擂了過去，只聞「格格」二聲，那大漢遇上了屈奔雷的拳，不單封不住，連手也震折了，「蓬」地一聲，那一拳仍打在胸上，噴了一口血，立時氣絕！第四人看得手也軟了，拔腿欲跑，屈奔雷道：「打你小腹！」

那大漢大叫道：「好漢饒——」「崩」地一聲，小腹已著了一拳，飛出店外，再也沒有一點兒聲息。

屈奔雷自頭部打到腹部，一拳一個，連殺四人，面不變色，常無天身旁的人，一下子嚇得走個精光，只剩下了常無天逕自掩著血口，怔怔發愣。

那青年忽然長身而起，向彩衣少女道：「此人殺性太大，我去阻阻。」

那少女牽著他的衣角，要他坐下來，一邊溫婉地道：「公子勿躁，這四人也著實該死，助這常無天無法無天的，就是這四人，也不知污辱了多少婦孺，傷害了多少無辜了，而今死在這位屈大爺手下，算是不冤了。」

那青年道：「哦。」

屈奔雷耳目極靈，聽那青年要與自己一決高下，倒是非常欣賞那青年的膽識。轉目望這一男一女，忽然若有所悟，笑著道：「我道是誰，原來是大名鼎鼎之『武林四大世家』『南寨』少寨主殷乘風，這位想必是『彩雲飛』伍女俠了。」

那青年拱手道：「不敢不敢。」

這一起立，頎長的身影猶如玉樹臨風，神威凜凜，店中諸人不禁大是喝采。

原來，武林中有「天下三大」，這三大乃「天下第一幫」：長笑幫；「天下第一莊」：試劍莊，及「天下第一局」：風雲鏢局。

「長笑幫」與「試劍莊」，多年前因互併盡亡，只剩下「風雲鏢局」。「風雲鏢局」座下高手無數，但最大的助力，乃得自「武林四大家」。「武林四大家」分「東堡」、「南寨」、「西鎮」、「北城」。這殷乘風，雖年方二十一，但卻是「南寨」新任寨主。

青年殷乘風，外號「急電」，乃形容他的身法、劍法及招數，自幼精學文武，心無旁騖，又潛修「快」一字，加上他悟性奇佳，又肯苦學，所以武功已大有所成，「南寨」之老寨主忽然暴斃，而殷乘風以二十之齡，接任寨主，武功才智，卻不在前任寨主之下，也絕不遜於「東堡」堡主，「西鎮」鎮主及「北城」城主任何一人。

只是殷乘風專心習文學武，在未接任寨主之職前，對江湖中事，甚少閱歷，這有好處壞處。好的是因而他的武功更專心苦習，精而奇絕；壞的是他對江湖中事，大多茫然無知；可幸的是「南寨」前任寨主，遺下一位孤女，這孤女便是武林中所謂的「彩雲仙子」，武功已得其父真傳，雖不及殷乘風，但對江湖中事，因與其父及寨中高手常有接觸，又廣讀群書，見識十分廣博，各家各派，各門各系，莫不了如指掌；而殷乘風是「南寨」前任寨主伍剛中的養子，與伍彩雲自幼青梅竹馬，兩小無猜，殷乘風接任寨主後，伍彩雲跟他出雙入對，不斷地教他認識武林中的事物，殷乘風一向穎悟，也幾乎一學就會。

這伍彩雲清麗脫俗，其父伍剛中有兩大絕技，一是劍法，一是輕功，伍彩雲畢竟是女孩兒家，不敢殺人，所以專心潛修輕功，已是出神入化，故江湖中人，素稱之爲「彩雲飛」，或稱之「彩雲女俠」，便由此來。

各人一聽原來這對青年男女竟是殷乘風與伍彩雲，莫不報以驚訝或欽佩的眼光。

忽聽屈奔雷一聲怒吼道：「小雜種，還不走，真的要大爺再動手麼！」

那常無天嚇得臉無人色，給屈奔雷這麼一喝，全身顫抖了起來，結結巴巴地道：「是……是……」便跌跌撞撞的衝出大門。

屈奔雷依然站在門口，大聲道：「諸位聽著，我屈奔雷是爲『幽冥山莊』之『龍吟秘笈』而來的，凡與大爺我同謀一事者，快與大爺決一勝負，否則也要露一手，方可與大爺同行，否則就給大爺滾出去！」同樣的話，說了三遍，震得各人耳朵轟轟地響，桌上的碗兒，竟被震破了。

那有六名武林豪客的一桌，有一大漢正盛酒碗中，碗忽破裂，濺得一口一鼻是酒，當下拍桌怒起而大喝道：「兀那老鬼，咱們就是爲『龍吟秘笈』而來的，你待如何？」其餘幾個武林豪客，紛紛站起，拔出兵器。

屈奔雷張著大口，大笑數聲，道：「不如何，給你們瞧瞧！」

忽然一伸手，拔出了斧頭，眾人以爲他要撲近動手，沒料到屈奔雷只是把斧頭隨即一丟，又大剌剌地站在那裡，並不動手。

那六名武林豪客一呆，忽然「呼」地一聲，一斧已自後面飛出，眾人要躲，已然不及！只見烏亮亮的斧閃一閃，這六名大漢各自往上一摸，只見頭戴的帽子被切了一半，綁巾的巾兒被割了一截，什麼東西也沒有戴的，頭髮也被削了一片，那出聲拍桌的大漢尤其臉無人色，原來他不單頭髮給刮去，連頭皮也見了血，只要這一斧再下半分，他那兒還有命在？當下作聲不得，臉若死灰，呆立當堂。

這六個江湖豪客，畢竟在江湖闖出道兒來的，雖然粗俗不堪，卻也知道服輸，當下六人臉色灰敗，互覷了一眼，一聲不響的，相繼走了出去。

「一斧鎮關東」屈奔雷大笑三聲，忽然神光一閃，瞪住那四名金衣壯漢，那四個金衣人被瞧得心裡一慌，忙不敢看屈奔雷，逕自低頭喝酒。

屈奔雷笑道：「裝聾作啞麼？那也不行，接得大爺一招，才算好漢！」說著大步走了過去，推出一掌，這一掌推出之勢甚慢，這四名金衣人早已是驚弓之鳥，一見屈奔雷行近，紛紛躍起，沒料到屈奔雷掌到半途，才突然加快，「砰！」地拍在桌子上。

那四名金衣人離桌極近，萬沒料到屈奔雷那一掌乃擊於桌上，當下一呆；不料桌上的四大碗酒，忽然激射而出，四人紛紛逃避，但也淋了一身一臉，而且臉上還被射得辣辣生痛，好不狼狽。

桌上的酒，全都激射而出，而桌上的碗與酒壺，並無一絲破裂的痕跡，單是這身內功，已到了隨發隨收，縱控自如，甚至匪夷所思的地步了。

這四名金衣人互望了一眼，渾身濕透，心知若屈奔雷以內力激碎瓷碗，射向自己，那還有命在？當下長嘆一聲，一名金衣人向屈奔雷拱手道：「青山依舊，綠水長流，屈爺今日阻了咱『金衣幫』這單買賣，兄弟無話好說，只望他日相見，恩償仇報！」說罷一行四人，大步跨出店門，頭也不回。

伍彩雲向殷乘風悄聲道：「剛才那六個武林中人，是湘北六個性格相投的異姓漢子，結爲『湘北六豪』，雖粗野不堪，但卻甚少仗勢欺人，也鮮有見義勇爲的，那六個，算不了什麼『豪』，這四位穿金衣的，名頭也不少，是湘江一帶有名的『金衣幫』四名分舵主，不過除了打家劫舍，平生也無大惡，看來這位屈大爺，下手有分輕重，不像江湖上一般傳說得那麼殺人不眨眼呢……」

這些話講得極爲小聲，屈奔雷的內力深厚，還是給他聽個清楚，又向彩雲飛咧嘴一笑，走前去道：「小姑娘，大爺對你們小倆口子，覺得蠻有意思的，你們放心，不過俺是言出必行的，不然江湖上怎有我屈奔雷威名？且接我一招，記住，接不下時千萬不要硬接。」

原來屈奔雷被彩雲飛讚了一讚，心中大樂，對二人心生好感，可是這屈奔雷脾氣固執，素來是說一句算一句的，所以他勸「接不下時千萬莫要硬接」，也真是一番好意。

屈奔雷的那一番話，說得彩雲飛粉臉飛紅，原來彩雲飛早就鍾情於殷乘風，殷乘風也十分愛慕彩雲飛，不過兩人都未談及婚嫁，屈奔雷稱他們爲「小倆口兒」，他倆也著實高興，但聽「接不下時千萬莫要硬接」，以爲諷刺自己武功不濟，心中對屈奔雷雖無敵意，但有心較量一下，殷乘風昂然道：「屈兄請進招便是。」

屈奔雷哈哈一笑，突然間拔斧，烏光一閃，勢如驚電，但不是劈向殷乘風或彩雲飛，而是一斧劈在桌上。

這屈奔雷的功力，實是不可思議，猛烈時如翻江倒海，陰柔時如風捲雲湧，這一斧力可摧山，劈在桌上，人人料必木片翻飛，不料桌子竟絲毫不倒，倒是桌上之筷子、瓷碗、瓷碟及酒壺，乒乒乓乓的，如二、三十件暗器，向殷乘風及彩雲飛身上砸了過去。

這一下，那七名胸刻「復仇」的大漢齊齊大吃一驚，脫口「啊」了一聲。殷乘風與彩雲飛卻連眼也不眨，殷乘風雙臂上下翻飛，把杯、碟、碗、筷一一接住，迅速置回桌上，彩雲飛卻一手抓住了壺耳，專心一致的倒了四杯酒，四杯酒倒滿時，殷乘風把所有的東西都接住了，而且歸回原位，與原先所擺置的不差厘毫。

殷乘風一擺好這些杯碗筷碟，彩雲飛水袖一捲，四杯酒連杯帶酒，相逐撞向屈奔雷，只聽彩雲飛笑道：「屈爺，咱們也請你一杯……一杯不夠，四杯！」

第一杯已迅如閃電，飛襲屈奔雷臉門！杯勢奇速，但杯中的酒，一點也不傾出來，這和屈奔雷酒噴出而碗不破裂，有異曲同工之妙，但卻更精妙一些，只聽屈奔雷哈哈一笑，道：「那我乾了。」

也不閃避，張口一咬，竟咬住杯沿，仰著乾完了第一杯，板斧一送，其餘三個杯子穩穩托在斧面上，屈奔雷一一取過乾完，大笑道：「年紀輕輕的，功夫這麼好，了不起，了不起，縱大爺不讓你們同行，只怕也力有未逮了。」說著哈哈大笑，轉身而去。

其實屈奔雷心中也是暗驚，而店裡的人，也看得心裡雪亮。

屈奔雷的板斧，入店以來，已挫眾敵，但只有殷乘風能一一接下，從容不迫，若一對一戰，屈、殷二人，勝負未可預知，但殷乘風再加伍彩雲，只怕屈奔雷就要勝少敗多了。

殷乘風、彩雲飛二人小小年紀，就有此造就，又不傲不驚，當下諸豪心中都大爲敬服。

屈奔雷現在提著板斧，瞪著眼睛向四僧，四僧忙唱了一個喏，其中一名雙目精光閃閃的老僧緩緩起立道：「屈檀樾，老衲等此番自嵩山而來，是爲了四個小徒，三年前在『幽冥山莊』下落不明，特來查訪，非爲『龍吟秘笈』而來，屈檀樾放心便是。」

少林僧人倒不是怕了屈奔雷，強忍一口烏氣，是武林人所不屑爲的，不過少林僧人畢竟是出家人，爭強好勝之心早消，所以道明來意。

屈奔雷偏了偏頭，道：「不錯，三年前，確然有四個少林和尚失蹤在『幽冥山莊』，大爺看你們出家人不打誑語，既不是衝著『龍吟秘笈』來的，那不關我大爺的事。」當下便向那兩名道士行去。

那兩名老道十分沉得住氣，本來見屈奔雷如此盛氣凌人，也有心較量，但見少林四僧避而不戰，當下二道交換了一個眼色，其中一名道人道：「屈施主，貧道二人，乃為三年前失陷於『幽冥山莊』之『武當三子』而來，與施主欲得之『龍吟秘笈』，並無絲毫瓜葛。」

屈奔雷打量了二道幾眼，漫聲道：「武當乃名門正派，相信其弟子們都是老古董，不會撒謊的，既跟『龍吟秘笈』無關，那自然是大爺走大爺的陽關道，雜毛走雜毛的獨木橋。」

另一道士聽得屈奔雷出言不遜，身形一晃，正欲掠出叫陣，另一道士卻迅速把他按了下去，那道士也沒有再逞強，因為他們都知道，這個看來既癲也狂，蠻不講理的屈奔雷，武功卻著實不好惹的。

另一方面，彩雲飛卻向殷乘風細聲道：「那四位老僧是少林寺赫赫有名的達摩院護監。達摩院有龍、虎、豹、彪、蛇、熊、鶴、猿、馬、猴十大高僧，據說『龍、虎、彪、豹』四僧失陷於『幽冥山莊』，這四位老僧，便是那四僧的師父了，武功自是了得。少林一脈，本都是苦學之士。而武當一派，一直以來，都是人才濟濟，這兩位道長，是『武當三子』的入關大師兄，號稱『武當雙宿』，一個叫青松子，為人辛辣剛烈，另一個叫青靈子，為人和藹沉著……」彩雲飛娓娓道來，對武林中的人，竟都如數家珍，一一道出。

這時屈奔雷已行到那七名胸刻「復仇」的大漢身旁，那七名大漢只是暗握兵器，沒有作聲，屈奔雷道：「我大爺問你們的話，你們聽見沒有？」那七名大漢雖畏懼屈奔雷的武功，但這七人都十分剛毅，寧可硬接，也不願向屈奔雷道明來歷，讓人以爲他們在求饒。

屈奔雷見他們並不答話，當下冷冷一答，道：「那你們是爲了『龍吟秘笈』而來了？」

正要出手，只聽彩雲飛叫道：「慢著。」

屈奔雷對彩雲飛本來便很有好感，當下停手道：「何事？」

彩雲飛向那七名大漢道：「諸位大哥可是來自陝西？」

七人互覷一眼，不知彩雲飛從何瞧破自己來歷，只聽彩雲飛笑道：「諸位大哥尊師可是『十絕追魂手』過之梗前輩？」

那七名大漢見彩雲飛如此尊敬自己及師承，樂意地答道：「不錯，姑娘何以得知？」

彩雲飛笑道：「我看七位身上兵器便知道了，七位兵器皆屬奇門，但身法相同，顯然同一師承。一身兼長十種不同的奇門兵器的，天下除尊師外，還有誰人？

諸位大哥胸刻『復仇』，敢情是來為過前輩復仇了，屈大爺，我看這幾位大哥也不會是為了『龍吟秘笈』來的。」

那七名大漢中使流星鎚的大漢見彩雲飛伶俐乖巧，於是笑道：「不錯，我們是來替師父報仇的。」

忽然聲音轉而淒烈，七人一同拉開胸襟，露出強壯而毛茸茸的胸膛，指著「復仇」二字道：「我們十個不成才的弟子全憑師父一手帶大，沒料到老七、老八、老九大逆不道，敗壞門風，做出傷天害理的事，致令師父因探『幽冥山莊』而失蹤，想必被那三個畜牲害了，師父尚且不能出來，以我們的武功，又有何指望替師父報仇！可是不報師仇，枉在人世，所以我們在三年前刻下『復仇』二字，以志不忘，今日……」說到這裡，語音大是激盪。

彩雲飛幽幽道：「矢志報師仇，武林之中，又有那位像你們如此重恩重義；據說七位為報師仇，三年來苦練，每位的武功，已不下當年的過老前輩，可喜可賀。」

殷乘風亦站立道：「更是可敬可佩，屈大爺，你出的招，讓在下替這七位接便是。」

那名使雷公轟的漢子卻一躍而起道：「咱們『十絕追魂手』的弟子，雖然不才，但沒有一個是貪生怕死之輩，現在咱們改爲『復仇七雄』，願領教屈先生高招！」

沒料屈奔雷大聲嘆道：「似你們這等漢子，要大爺我動手，跪下來求我都不肯哩。要是大爺我收的徒弟，有你們一半的心意就好咯。你們又不是爲了『龍吟秘笈』，大爺我跟你們過招幹什麼？」當下走了開去。

「復仇七雄」見這極其難纏的老魔頭竟不向自己動手，心中暗自慶幸。彩雲飛等倒是覺得，此屈奔雷，倒非是非不分明的人。

這時店中的人裡，殷乘風與彩雲飛，已與屈奔雷交過手；少林四僧及武當雙宿，因不是爲「龍吟秘笈」而免交手；屈奔雷又不願向「復仇七雄」動手，店裡就只剩下黑袍客、錦衣漢及那四名頭陀及兩名斷臂人。

那四名頭陀，眼見屈奔雷盯向自己，心中大覺惶恐，但外表仍自鎮定；黑袍客臉色鐵青，錦衣人自斟自飲，毫不動容，斷臂人神色冷然，一臉殺氣。

屈奔雷哈哈一笑，大步向那四名頭陀走過去。

那四名頭陀神色冷肅的站起來，看得出是在全神戒備。

只聽彩雲飛向殷乘風細聲解說道：「這四位頭陀，本來是川中人，武功很高，是四名大盜，爲首的叫『三節棍』施銅，第二個叫『方便鏟』公冶肆，第三個叫『奪魂鈴』畢扁，第四個叫『行千里』彭古建。他們在川中有一次劫了御用寶馬，驚動了江湖『四大名捕』，追得他們走投無路，只好裝扮成四名頭陀，來到湘江，掩人耳目，暫避風頭。」

那四名頭陀，一聽之下，心中不禁一驚，忖道：「怎麼自己的行藏，竟也給這小小的姑娘瞧破了，這樣怎瞞得過名震江湖的『四大名捕』呢？」

沒料到別人平常自看不出他們的身分，而今這四人已紛紛亮出了兵器，一個手執三節棍，一個手拿方便鏟，一個手執有九個小鈴的大刀，一個手抓用來點地而行的明杖，要想別人認不出他們，倒也不易。人儘可裝扮，但手上的武器使用慣了，便任你怎樣要裝也裝不來。

屈奔雷大笑道：「好哇，官府正在追捕你們，驚弓之鳥，看斧！」猛喝一聲，一斧劈下。

施銅、公冶肆等見斧並不正面砍來，心料屈奔雷必是故技重施，提防屈奔雷又是震起桌上碗筷，射向自己。

「唰」地一聲，斧破長空，忽然之間，桌面下陷！

這一下突變，十分意外，原來屈奔雷這「唰」地一斧，是一連四個變化，因爲太快，所以連成一聲，這四斧居然把桌面下的四條支柱，都在半空中削斷，桌面立即下陷，這樣一來，施銅、公冶肆、畢扁、彭古建人在桌邊，定必被酒水淋得一身都是。

屈奔雷這四斧之妙，比殷乘風的四劍穿掌，尤有過之而無不及，也許是屈奔雷有意向殷乘風露這一手，表示：你可以做到，我也可以做到。

可是施銅等人畢竟非同凡響，見勢不妙，四人冷哼一聲，右手執持兵器，同時左手一翻，竟每人各佔一角，以手托住桌面下的柱，這桌面立時穩穩托住。

同時間，屈奔雷手中斧，快若電光，烏光一閃。

就在施銅等四人托住桌面之際，屈奔雷的斧已到。

施銅、畢扁、公冶肆、彭古建等人大驚，拿起兵器要格，忽聽「隆」的一聲，手托的桌面忽分爲二，自中間折倒了下去，烏光此時一斂。

原來屈奔雷這一斧，乃是劈向桌面，把桌子中間劈斷，這一來，在桌邊的四人，仍是被酒水菜餚，淋了一身。

屈奔雷對時機的把握、內力的運用、斧招的快速，實令人心驚，施銅等臉色灰敗，正不知如何是好，只聽屈奔雷哈哈大笑道：「不錯，不錯，你們四個人，能接得下我大爺的一招，就算是爲『龍吟秘笈』而來，也可與我同行。」

原來他適才見這四人處變不驚，沉手托桌的一招，也很喜歡，自己翻斧斷桌，畢竟是屬於第二招，他是一個信守諾言的人，對方既接得下第一招，他也不願多作爲難，於是又走向那兩斷臂人處。

那兩個斷臂人臉色一沉，翻身而起，左邊的道：「『勾魂』辛仇。」

右邊的斷臂人疾接道：「『奪魄』辛殺。」

左邊的斷臂人繼道：「乃是爲『龍吟秘笈』而來。」

右邊的斷臂人續道：「姓屈的出招便是。」

這兩人一搭一配，說話神色冷峻，但配合得卻十分巧妙，店中的人，都大爲動容。原來這對「勾魂奪魄」兄弟，自幼殘肢斷臂，受人歧視，故苦練奇技，仇殺江湖，無人不畏之如神鬼也。

屈奔雷笑道：「好，痛快。」推出一掌，他也知道這兄弟倆並不好惹，所以這一掌，遙空劈出，也用了六成功力。

「勾魂」辛仇與「奪魄」辛殺冷笑一聲，也拍出一掌！三道掌力半空相交，原本必發出蓬然巨響，但竟聲息全無，屈奔雷只覺自己的掌力如泥牛入海聲息全無，不禁一驚，這是他出道以來未見過的事。

同時間，辛仇與辛殺的斷臂一揚，一股無匹的巨勁，向屈奔雷衝來。

屈奔雷是何許人也，立刻明白了過來，原來這「勾魂奪魄」兄弟，竟是用一種特異的掌功，把自己的勁力引了過去，再自兩人的斷臂中，加上兩人的功力，激盪了過來。

這一來，等於是三道勁力，直襲屈奔雷。

好個屈奔雷，忽然暴喝一聲，臉漲赤朱，鬍虯根根聳起，運起十二成功力，硬接一掌。

「砰！」

一聲巨響過後，屈奔雷晃了一晃，屋頂上罩落滾滾塵沙，而辛氏兄弟，肩並肩的退了三步，勉強才把樁得住，又不禁「騰、騰、騰」地退了三步，臉色灰敗。

只聽殷乘風向伍彩雲問道：「飛兒，這對兄弟的招法很怪異，是那派的武功？」

彩雲飛笑道：「這不是那一門派的武功，乃是他們兄弟自創出來的，以一手去引對手的內勁，再自斷臂上連帶自己的功力一齊逼出去，很少人能接得下，他們叫做『斷臂奇功』，的確是一門奇異武功。」

屈奔雷雖力震辛氏兄弟，但是畢竟是第二掌，對方接下自己一掌後，居然還能反攻，而且自己的第二掌也用了全力，才把「勾魂奪魄」兄弟震退幾步，心中也大爲激賞，於是道：「好功夫，好功夫！」又向那黑袍客與錦衣人行去。

那黑袍客再也按捺不住，本來是背向屈奔雷的，現在忽然一翻身，站了起來，竟是面對屈奔雷。

要知道桌椅之間，距離極近，黑袍客他竟不用挪動桌椅，一剎那間便翻了過來，各人也看不清楚他用的是什麼身法，但各人見他適才閃電的一瞬間，便抓住「江左五蛟」之首，在雪地上斃了又回來喝酒，身手之快，無可比擬，而今與屈奔雷對敵，人人都知道會有好戲看了。

誰知道彩雲飛忽然叫道：「巴老前輩。」

黑袍客忽然一震，回首道：「妳認識我？」

彩雲飛盈盈笑道：「適才巴老前輩使的『吸盤功』與『一瀉千里』身法，我怎會不知道呢！武林中會『吸盤功』又使得那麼乾淨俐落的，除巴老前輩外，還有誰呢？」

彩雲飛說到這裡，眾人不覺大悟。

原來「吸盤功」是一門極其深奧的武功。練成的人，出手多為笨重不堪，打鬥時雖然實用，可是糾纏得相當厲害，武林中只有一個人，能練得此技，而且絕不拖泥帶水，出招時乾淨俐落，那便是這個巴天石。

同樣他的師弟，外號人稱「笑語追魂」的宇文秀，因是讀書人，怕練這種「吸盤功」不雅，所以也就練不成，只練成「一瀉千里」的身法，江湖上便大有名望，稱之為「笑語追魂」了。

這巴天石更是兩樣兼備，適才無怪乎「江左五蛟」之首遇著了他，半絲掙扎不得，便了賬了。

彩雲飛向屈奔雷笑道：「屈大爺，這位既是巴前輩，想必是為了宇文前輩的事而來的。」

巴天石被彩雲飛讚了一讚，雖性格乖戾，但終究馬屁不穿，當下厲聲道：「不錯，宇文師弟自入『幽冥山莊』後便瘋了，老夫正要去莊裡會會那干兒妖魔鬼怪！」

屈奔雷知道這個巴天石，武功可是不弱，自己要勝他，只怕也要力拚一場方行；巴天石接下他的一招，自無問題，屈奔雷本以爲自己爲求奪得「龍吟秘笈」，免得這些人礙手礙腳，趁早打發了事，沒料到殷乘風、彩雲飛、辛氏兄弟、巴天石這等人也在，還有施銅、公冶肆、畢扁、彭古建等也不弱，少林四僧與武當二宿，武功還深不可測，只怕這名錦衣人也是不好惹的，當下銳氣大減，雖知以一戰一，自己大概不會落敗，若語傷眾人，群起而攻之，只怕自己就要吃不了兜著走。

當下乾笑幾聲道：「巴天石，嗯，好，好，你爲那個瘋書生，可不關大爺我的事。」當下向那錦衣人走去，手中倒蓄了十成功力，意圖一招敗之，否則同行者越來越多，對自己也不見得有利。

豈料那錦衣人笑容可掬地起立，拱手一揖，道：「屈兄請了，在下蔡玉丹，乃『幽冥山莊』莊主石幽明至交，而今石莊主生死未明，在下忝爲知交，亦應至莊裡一行。」

蔡玉丹自報姓名，卻把店中諸人，都嚇了一跳，因爲這蔡玉丹，綽號「纏絲大俠」，家財萬貫，是絲綢商人，但仁俠異常，喜助人，義疏財，武功很高。

「幽冥山莊」莊主石幽明生平甚少知交，只有與這蔡玉丹是好友，這是人所共知的事。石幽明不幸，蔡玉丹查訪，自是理所當然的事。

可是屈奔雷卻不想多一人累事，當下道：「大爺我來是爲了『龍吟秘笈』，據說這秘笈乃在『幽冥山莊』之中，不管那石幽明死了沒有，大爺我到莊中取書，你是石幽明的朋友，只怕容不得我，還是接我一招吧！」心中暗運內力，只圖一招敗卻這蔡玉丹，便可少了一名大敵。

蔡玉丹微笑道：「既是如此，在下就領教屈兄高招了，尚要請屈兄多多包涵方好。」

屈奔雷大笑道：「那你就接吧！」奔雷閃電一般，手甩斧出。

這柄烏光閃閃的斧，並不直接甩向蔡玉丹，而是繞過一個大圈，急風直劈蔡玉丹之腦門。

這柄飛斧的來勢，比適才屈奔雷使的飛斧嚇退「湘北六豪」的聲勢，又是大大的不同，這一斧至少比適才這一斧更猛烈十倍！飛速十倍！悽厲十倍！

在座眾人不禁失驚，沒料到屈奔雷一上來便用了全力，這一斧在半空嗚嗚作響，急旋而至，不管用那門兵器去擋它，必先折而後斷，仍擋不住飛斧的來勢。

蔡玉丹仍微笑著，忽然微笑一斂，迅速除衣，把錦袍一捲，間不容髮之際，錦衣已套住了飛斧。

眾人不禁喝了一聲采，蔡玉丹果然不凡，的確沒有一樣兵器，比一件衣服對付那旋轉中的飛斧更有用了。

屈奔雷眼看對方一出手，便收去了自己的飛斧，心中大驚，左手一送右手一招，「呼」的一聲，飛斧竟破衣飛出，不過再也無力飛旋，落了下來，屈奔雷一手接住。

眾人這才定過神來，更是喝采如雷。

原來屈奔雷的「飛斧神功」，已達到了隨意飛行，傷人自回的境界，也就是說，飛斧出手命中後，餘力會帶動斧頭，飛回屈奔雷的手裡。

屈奔雷立刻用飛斧回力，竟仍能破了蔡玉丹的錦袍，這等功力，已是神乎其技了。

但屈奔雷本人，卻驚出了一身冷汗，要知道若適才斧不能破衣，自己便算是一招敗在蔡玉丹手裡了，而現在總算斧裂衣而出，畢竟是蔡玉丹輸了半籌，自己也有了面子，可是自己一發一收，已出了兩招，再也不好意思搶攻下去了，只聽蔡玉丹瞧瞧破袍，笑道：「屈兄好功力，在下接得好險；這袍子破了，命是拾回來啦。」說著把錦袍隨手一放，坐回原處，微笑喝酒。

各人見蔡玉丹如此有氣度，不愧是位名俠，心中十分欽慕，屈奔雷心中也暗自驚愧。正欲說場面話，抬目一望，不禁「呀」了一聲，眾人隨聲望去，也不禁「咦」了一聲。

原來在牆角的一張小桌上，竟有一個粗布衣的人，蒙頭呼呼大睡，此人在何時進來，店裡好手，竟一無所覺，對店中發生的事，一概不理。

眾人一驚，怎麼跑出一個如此高明的人，後來又轉念一想，安慰自己道，這人想必是店裡的夥計，從裡面走出來，自己當然沒有注意。

屈奔雷向老爹瞪了一眼，道：「這是你的夥計？」

那老爹瞧了一眼，摸著頭道：「啊？不……不……」

阿福卻道：「老……老爹，這傢伙喝了三罈子酒，……我……我可是一罈子也沒拿給他呀……這……這人偷酒喝……」

屈奔雷拖著斧頭，懸在腰間，行近那人，喝道：「你是爲什麼來的？」連喝三聲，宛若焦雷，震得屋瓦搖搖欲墜！

那人居然仍蒙頭大睡，猶未醒來。

屈奔雷冷笑一聲，一斧劈出，這斧只使三分力，怕這人躲不及，一斧便會送了命。

那人依然蒙頭大睡，彩雲飛不忍見那人血濺當堂，急叫道：「手下留情！」

屈奔雷大笑道：「我只要砍他一片耳朵罷了！」

那人依舊動也不動，忽然打了一個呵欠，桌上的碗、碟、杯、菜竟全部疾射向屈奔雷。

屈奔雷沒料到有這一招，一驚之下，酒已先到，濺了一頭，屈奔雷大吼一聲，居然能硬生生收斧一掄，把壺杯碗碟等紛紛砸了下去。

屈奔雷怒罵道：「好傢伙，看不出你是個會家子！」又是一斧劈出，這次運足七成功力，再不容情！

彩雲飛與殷乘風及蔡玉丹，見那人深藏不露，也不出手搶救，靜觀其變。

這一斧，十分悽厲，眼看那人就要遭毒手，忽然眼前一花，那人坐到凳子的一側去了，依舊蒙頭大睡，那凳子卻因重心不平衡，往上一翹，屈奔雷這一斧正好嵌入凳子之中！

屈奔雷大吃一驚，心知斧在凳中，若那人此時出手，只怕自己不得不棄斧身退，但那人仍然睡得正酣，屈奔雷那有吃過這種莫名奇妙的虧，吐氣揚聲，不抽斧反而用手一扳，那木凳自中裂成兩片。

屈奔雷心忖：看你仍睡得下去否？誰知眼前一花，這人已坐在另一張凳子之上，依樣大睡。

這桌子四面都有長凳，裂了一張，還有三張。

屈奔雷又驚又恐，又是一斧，那人身形一晃，又到了另一張凳子之上，原先的凳子又應手而裂。

這一追一閃，屈奔雷已劈倒了第四張凳子，那人一晃，竟趴在桌上，仍然大睡。

屈奔雷額上青筋暴現，怒道：「看你逃到那裡？」一斧砸了去，嘩啦一聲，桌面裂爲兩半。

那人無地可容，一翻身而立起，居然仍閉著眼睛，發出鼾聲。

屈奔雷忍無可忍，拿手絕技「飛斧神功」又破空擲出。

這一次，屈奔雷是用了十一成功力，飛斧在半空嗡嗡作響，急砍那人。

那人忽然雙目一睜，發出神光灼灼，對這飛斧，顯然也不敢輕視。

眾人見過蔡玉丹以錦袍捲飛斧，都想著這人是否對付得了這柄飛斧。蔡玉丹與飛斧交過手，知道厲害，叫道：「朋友小心！」

殷乘風為人俠氣極重，也不禁叫道：「快用衣捲！」

那人盯著飛斧，眼看就要劈到之際，忽然仰身倒下。

這一來，大出人意料之外，那飛斧似有靈性一般的，忽然下沉，仍向那人腹部砍去。

可是那人一倒了下去，怪招還在後頭，忽然雙足一舉，眾人「嘩」了一聲，原來這人竟敢用足趾撥飛斧！

那飛斧飛行得十分之快，又在旋轉中，用手接也不可能，更莫要說用足趾去撥斧了。

可是那人雙足一伸，竟是沒有穿鞋子的，雙足拇指，竟比手還運用自如，在斧背上輕輕一點，那斧頭「噗」地一聲，方向全失，反飛向屈奔雷！

要知道這一招不但鋌而走險，而且施用得十分巧妙，要知道凡旋轉極急的東西，幾乎是勢不可擋，無堅不摧的，但若能制其旋轉圓心，它自然便會失去準頭及力量，這人的那一踢，剛好破了這飛斧，眾人也是武學高手，那會不明其道理，不禁大爲喝采。

屈奔雷也著實厲害，一揚手，已撈了斧頭，正欲再擊，那人已一個翻身躍起，與屈奔雷站著個面對面，彩雲飛心中一動，忽然想起武林中一個人來。

只見那人把口一張「哇」地一聲，竟噴出了一大口酒！

這些酒化作滿天花雨，向屈奔雷電射過去。

屈奔雷一怔，幸好他是個臨危不亂的人，把正欲扔出手的斧頭一舞，舞得個密不透風，把酒箭都擋了開去。

那人噴完了酒，也不追擊，屈奔雷知其非常之人，一收斧頭，發覺自己衣袖之上仍中了幾滴水酒，竟穿了幾個小孔，若打在身上，這還了得？

只聽那人呃呃地道：「唔，吐了酒，比較清醒了。」

然後瞪住屈奔雷道：「你這人，怎麼隨手殺人，不知道王法麼？」

屈奔雷沒料到那人竟口口聲聲王法，猛地想起一人，道：「你是——」

忽見桌上那四名頭陀：畢扁、彭古建、公治肆、施銅等正悄悄地起身，想奪門而出，那人忽道：「慢走！」飛起一腳，踢起一罐罈子，飛向大門，「砰」地撞在門上，「呀」地一聲，大門被撞得關閉了起來。

施銅等唬得臉無人色，屈奔雷終是更加肯定來人是誰了，於是哈哈笑道：「是追命麼？難怪大爺我的飛斧在你腳下生不了效了。」

彩雲飛笑道：「人說『江湖四大名捕』，武功各有所長，但人人俱有兩手絕技，追命前輩的噴酒、輕功及腿法，確是天下無雙。」

殷乘風喜道：「是追命前輩麼，年前白宇兄蒙您三番四次相救，乘風尚未拜謝。」

原來這人，便是大名鼎鼎的「江湖四大名捕」之一：追命。

「江湖四大名捕」是：冷血、追命、鐵手、無情四人。

這四人的名字，正如這四人的行事。這四人的武功各個不同，但各自有幾手絕頂功夫。「四大名捕」中的冷血，是最年輕的，他的故事，筆者已在「兇手」一文中述及。

這位追命，擅長腿法，因爲腳力無雙，所以輕功也奇佳，追蹤術一流；嗜酒如命，但酒也的確救了他幾次命。筆者曾寫「亡命」一文，追命曾助「北城」城主周白宇及「仙子女俠」白欣如，一招敗「一劍奪命」施國清，殺無謂先生，並與數人聯手，終於把名震天下的無敵公子也殺了，武功之高，可想而知。他殺無敵公子那一下子，就是全憑那一口酒，激噴而出，分了無敵公子的心，才能得手的，所以喝酒也的確曾經救了他的命。

因爲追命辦案，向無失手，無論兇手巨盜，最終仍給他追了命回來，所以人稱之爲「追命」，又因他腿法極好，也有人叫他爲「神腿追命」，至於他原來是姓什麼，叫什麼名字的，大家就忘了。

這「南寨」寨主殷乘風，與「北城」城主周白宇正是義結兄弟；追命曾救周白宇性命，殷乘風自然甚是感激。

只聽追命笑道：「我是追命，周城主好麼？」

殷乘風恭敬地道：「他好，謝謝追命前輩問候，晚輩乘風，與師妹伍彩雲向您請安。」

追命大笑道：「啐，什麼前輩不前輩的，我只不過大你一些兒，要改口叫大哥，否則不交你這朋友！」

殷乘風爲難地道：「這，這怎麼使得……」

彭古建、畢扁、公冶肆、施銅等，一時間臉色陣灰陣白，不知如何是好。

這時追命向公冶肆、彭古建、施銅、畢扁等笑道：「追捕你們的人是『鐵手』，不是我，我可不管，如果我替他抓了你們，他反而不高興，縱我通風報訊，他也未必樂意；你們放心，我不會捕你們的，你們去你們的『幽冥山莊』，不過你們放心，他遲早都會抓到你們的。我此番來爲的是『幽冥山莊』的案件，與你們無關；我說話算話，你們儘管放心便是。」

施銅、畢扁、彭古建、公冶肆等本來心裡吊了十五個吊桶，七上八下，而今聽追命這麼一說，登時放了心。

屈奔雷衡量了一下局勢，立時氣餒了一半：追命的武功，看來只在自己之上；殷乘風、蔡玉丹的武功，自己欲要勝之，只怕也不易；巴天石、「勾魂奪魄」兄弟及彩雲飛，自己縱能勝之，也得大費周章；「少林四僧」與「武當雙宿」，只怕也不會比辛氏兄弟差多少；這一來，除了施、畢、彭、公冶四人與「復仇七雄」外，這些人都是難惹至極的。

追命向殷乘風笑問道：「你倆口子來『幽冥山莊』幹什麼？」

殷乘風笑道：「抓鬼呀！」

追命皺眉道：「抓鬼？」

彩雲飛笑著接道：「師哥升任『南寨』寨主，自覺經驗不足，故願親涉武林，增廣閱歷。」

殷乘風赧然接道：「後來聽說這兒鬧鬼，在下心中想：那有什麼鬼！既會傷人，多半是人扮的，所以想去抓他一、二個，還望大哥多多指點。」

追命笑道：「這個鬼，可不容易抓哦。」

遂大聲向店中諸人道：「『幽冥山莊』在三年前，忽然全莊歿亡，莊主臉容，也因毒發而潰爛不堪，看來必爲強仇所害；據抬屍出來的人說，『幽冥山莊』的財富，仍在莊中，但這些進去過的人，一一都已離奇死亡。後來擅自進莊的不知情者、好奇者或宵小盜賊，也一入不返，『陝西三惡』等聽說也死在其中。」

聽到這裡，「復仇七雄」不禁一震，因爲「陝西三惡」原本是他們的師兄弟。其他的人，都望向追命，等著他繼續說下去。

追命環顧四周，又道：「於是搜索者又成了失蹤者，尋找的人越來越多，失蹤的人也越來越多，到後來，『十絕追魂手』過之梗先生，也爲了『陝西三惡』而失蹤了，『鐵拐』翁四先生爲了查明莊內真相，也與『龍、虎、彪、豹』及『武當三子』，在『幽冥山莊』之內沒了聲息，同行的人，只有『笑語追魂』宇文秀宇文先生一人負重傷逃了出來，但十指都給人削去，變成瘋狂，終日胡言亂語，都離不了鬼怪……」

說到這裡，跟此事人物有關的「復仇七雄」、巴天石、「少林四僧」、「武當雙宿」、石幽明知交蔡玉丹，及好奇心重的殷乘風與彩雲飛，無不一一聚精會神的在聽著。

店外風雪悽厲，似哀叫，似悽號，似大地間有某種力量，要阻止追命說下去似的。

追命稍頓了一頓，又道：「可是宇文先生的瘋言中，也常常提到一本武學奇書：『龍吟秘笈』，這本秘笈，關係重大，據說內有記載內功、劍法、指法、刀法、輕功、暗器、簫法等七種秘傳。」追命一提起「龍吟秘笈」，畢扁、彭古建、公冶肆、施銅等立時聚精會神的在聽，連屈奔雷、「勾魂奪魄」兄弟，無不凝神凝聽。

「這部『龍吟秘笈』，自是五百年前，武林第一奇人龍吟所著，誰能獲之，只怕在武林中，難逢敵手，稱絕天下，只是『龍吟秘笈』已經有三百多年未現武林，不知怎的，竟出現在這『幽明山莊』之中。宇文先生這一傳，江湖中倒是起了不大不小的騷動，信之者都奔向『幽冥山莊』以求奪得寶書，一路上互相殘殺，唯恐別人捷足先登，好不容易才入得『幽冥山莊』，又一入而音訊全無。不管是復仇的還是奪書的，而今在『幽冥山莊』裡下落不明的，少說也有五、六百人，在武林中有些名堂的，至少有三百人，三百人中至少也有一百人，已經可以算是高手了，可是仍一樣下落全無。我，追命，就是奉命調查此事的，就算『幽冥山莊』裡是一群鬼的話，這群鬼，也做得太過分了，應該把他們繩之於法。」

屈奔雷沉聲道：「我自關東來此，為的就是這部書，追命老兄，你可以追你的兇手，這本書我是要定了，人也殺定了。」說著向辛氏兄弟、畢扁等瞪了一眼。

「勾魂奪魄」辛仇冷笑道：「殺人說來容易。」

辛殺接道：「只怕你殺不了。」

辛仇又道：「有人只會口出狂言。」

辛殺再道：「也不見得他的武功有多高。」

彭古建等來湘江，本來就要進入「幽冥山莊」奪得「龍吟秘笈」，心想只要練成書內那一門武功，便可以不怕「江湖四大名捕」了，而今看屈奔雷與辛氏兄弟同樣為此書而來，心中都希望他們火併一場，自己才容易垂手而得，心裡大是希望辛氏兄弟會與屈奔雷動武。

豈料蔡玉丹長身而起，笑道：「追命、屈兄、辛氏二兄，既是如此，我們何不敵愾同仇，一起上『幽冥山莊』去看個究竟呢？」

殷乘風也起身笑道：「蔡先生所言甚是，不如刻下我們同奔『幽冥山莊』，察看究竟有無『龍吟秘笈』，再作計議，也不急在一時。」殷乘風言下之意，是提醒屈奔雷與辛氏兄弟，「龍吟秘笈」是否虛傳，也不一定，現下決鬥，豈不操之過急了。

屈奔雷與辛氏兄弟互望一眼，也覺得很有道理，於是強忍怒氣，公冶肆等卻是好生失望。

追命苦笑：「那麼咱們這就去『幽冥山莊』如何？」

眾人都說「好」，那老爹聽得分曉，忙道：「各位大爺，這『楓林渡』船兒都走了，『小連環塢』的冰還未實落，老爺們過不得河，不如等冰結後才走吧！」

追命笑道：「老爹莫要擔心，如果連一條小小的河都過不了，這兒的人還是不要去『幽冥山莊』的好。」

屈奔雷大笑道：「老爹，這兒打翻的東西，酒錢菜錢，都由我大爺付了吧，這夠不夠使？」

自懷裡掏出一錠銀元，丟給老爹，老爹頓時樂開了眼，連忙謝道：「夠了……夠了……太多了……」

忽然臉色大變，原來店門外，有人急速地敲著門，在門外的喘息聲，如風雪一般悽厲而恐怖，似瀕臨死亡的呻吟，微弱的聲音在叫著：「……開……門……開……門……」每個字的間隔都是一樣，似是在天地間每一個角落，都迴響這個聲音。

老爹囁嚅道：「鬼來了……鬼又來了……」

各人屏息以待，追命猛地一個箭步，飛腳踢開鐔子，大門戛然而開，門外風大雪大，原來那一面布簾，竟被換上一塊白布，白布上用血字書著：

一入幽冥莊，

永遠不還鄉。

門前竟高懸一人，是用髮繩上吊的，死狀甚慘，舌頭伸得長長的，雙眼大大地瞪著，一口都是血，身上卻無一絲傷痕，敢情真的是吊死的。

追命一縱身，雙指一剪，髮繩斷落，那人落下，眾人一看，更吃了一大驚，原來那人並非是誰，竟是常無天。

為什麼常無天去而復返，而在這兒吊死了呢？

為什麼常無天來到門前，店中眾人仍然覺察不出呢？

若不是常無天的身子被北風吹得晃來晃去，撞在門上，只怕到現在還未發覺呢，只是那喊「開門」的怪聲，卻又是誰？

常無天的舌頭伸得長長的，滿眼都是驚懼，似要告訴大家什麼似的，但他已是死人了，活人當然是無法聽到死人要說的話。

那白幃上的字，又是誰寫的呢？來人竟以這白幃換上布簾，而店中人高手如雲，卻尚未所覺？

那究竟是人，還是鬼？

「是鬼，是鬼！」阿笨心驚膽戰地叫道。

眾人臉上掠過一片陰影，蔡玉丹勉強笑道：「莫要胡言亂語，世上那兒有鬼？」

巴天石忽然繃著臉而起，道：「就是鬼，我也要會他一會！」話未說完，便如一縷黑煙，「颼」地衝入雪地中，瞬間只剩下茫茫天地間，一個小小的黑點。

追命皺眉道：「太莽撞了。」

殷乘風起身道：「追命老前……不，大哥，巴先生一人前去，只怕會落了單，我們這就跟去。」

屈奔雷只怕「龍吟秘笈」被人捷足先登，當下道：「正合我意！」誰知「呼呼」二聲，辛氏兄弟已奪門而出，直追巴天石。

屈奔雷怎敢怠慢，也奔了出去，一時所有的人，都飛身而出，追命只有一聲輕嘆。

群豪一共二十五人，在白皚皚的雪地上，往「幽冥山莊」奔去。巴天石首先出來，以他的「一瀉千里」輕功，遙遙領先，只遠得像一小小的黑點。

辛氏兄弟比屈奔雷先行一步，可是屈奔雷提氣急奔，僅落在辛氏兄弟五步之遙。

殷乘風、伍彩雲，則在屈奔雷之後，蔡玉丹始終不徐不疾，跟在殷乘風之後。

「少林四僧」、「武當雙宿」六人，緊緊跟在蔡玉丹之後。

而「復仇七雄」，卻又在少林四僧之後，更後的是施銅、畢扁、彭古建、公冶肆等人；追命卻一直不即不離，跟在最後，一面遊目四處觀察。

大風大雪，對這群武林豪傑，均不爲所動，風雪吹襲在追命的胸膛，追命猛吸一口氣，猛地口中冰冰的塞入了幾塊東西，原來是雪花進入口腔。追命突然豪興大發，猛地扒開衣襟，露出強壯的胸膛，任由雪花擊打，哈哈大笑，與北風逆行而奔。

這一奔之下，便迅速地越過畢扁等四人，又越過「復仇七雄」，以及「少林四僧」、「武當雙宿」，蔡玉丹見追命奔來，他生性謹慎，行事淡定，但今日在雪中奔行，也大發雄心，猛一提氣，不讓追命超越。

兩人轉眼已越過殷乘風與彩雲飛，殷、伍二人，少年銳氣，怎甘後人，而且他們是專修輕功，也提足猛奔，與蔡玉丹跑個並駕齊驅。

這時屈奔雷憑著一口真氣，他輕功雖無特長，但內力極佳，所以跑得越久，對他越有利，屈奔雷更豪興勃發，索性除去衣衫，在腰上打了一個結，大聲吆喝，終於追過了辛氏兄弟。

屈奔雷正在高興之際，忽然「颼」地一聲，一人已越過自己頭頂，在丈外飛奔，屈奔雷一呆，追命又把距離拉遠了兩丈。

屈奔雷心中有氣，正欲急起直追，忽聽自己左右後面都有腳步聲，一看之下，只見大雪紛飛中，左邊是殷乘風的白衣飄飛，右邊是清秀的伍彩雲彩衣紛飛，僅在一步之後，蔡玉丹也微笑追了上來，辛氏兄弟也僅落在蔡玉丹之後，屈奔雷心中一凜，心忖道：天下英雄，盡非我屈奔雷一人耳！當下提氣急奔，與殷乘風、彩雲飛並肩而奔。

這一來，大家似成了競跑。殷乘風輕功、劍法俱佳，屈奔雷則內力渾厚，彩雲飛長於輕功，故三人不相上下，跑在一起。

蔡玉丹武功精妙，內力連綿陰柔，但不及屈奔雷威猛，故落後一步。

辛氏兄弟論輕功稍遜於殷乘風，論內功則不及屈奔雷、蔡玉丹，是故又落後一步。

追命一發足猛奔，只見白雪倒飛，人則猶如騰雲駕霧，早已把眾人拋在後頭，但巴天石的「一瀉千里」身法，也甚是高明，又跑在先，所以追命離之，尚有十丈餘遠。

追命正要提氣追上，這時風雪更加猛烈，大雪隨著冷冽的北風翻飛之下，一、二丈內，竟看不見任何東西。

就在這時，前面遽爾響起了一聲怒吼，接著便是一聲悶哼。

追命心中一震，猛地醒悟，自己等拚命飛奔之中，自不免無及前後照應，而依適才店門前吊死常無天的情形來看，有人對自己等意圖不利，而今各個分散，不是正中了敵人之計？當下大叫道：「各位小心，放慢速度，有敵來犯！」

聲音滾滾的傳了開去，一面暗中戒備，向前掠去，猛地腳下踢到一人，那人呻吟一聲，一手向自己的腳踝抓來，追命聽出是巴天石的聲音，立時高躍而起，厲聲喝道：「是我，你怎麼了？」

這時北風略減，只見巴天石倒在雪地上，雪地上染了一片劇烈驚心的紅！只聽巴天石掙扎著道：「我……背後……有人用暗器……」

追命忙翻過他的身子一看，只見背後果真有三個小孔，血汩汩淌出，那裡還有暗器在？

這時屈奔雷、殷乘風、彩雲飛已分別奔到，三人一看，偌大的雪地之中，除了後面的人外，連半個人影也沒有，屈奔雷吼叫著道：「巴拉媽子，裝神弄鬼的，算什麼東西，快些兒滾出來，大爺我給你個了斷！」

聲音滾滾的傳了開去，遠處傳來了雪崩之聲。

追命一見巴天石血流不止，而且血水越流越黑，心中暗驚，問道：「天石兄，你把暗器拔了麼？」

巴天石的情形越來越糟，雙目無神地道：「拔了？……沒……沒有……我感覺得到……它，它就在我……體內……」

彩雲飛掏出金創藥，敷在巴天石的傷口上，蔡玉丹也已趕到，看見傷口微帶暗青色，心知不妙，問道：「天石兄，你中的是什麼暗器？那暗器是否給人拔了？那傷你的是什麼人？」

巴天石臉色蒼白得無一血色，道：「不……知……道……狂風大作……有人……在我後頸吹……吹了一口涼氣……哼了一聲……我返身想擒……擒住來人……但後面無人……身後卻是一麻……我便倒了下去，那暗器……誰也沒機會……把它拔出來……我感覺到它仍在我體內，我體內……」說著聲音慢慢微弱了下去。

這時辛氏兄弟也趕到了，臉色也不覺微變，因爲適才在店中，巴天石捕殺「江左五蛟」之大蛟，又仗「吸盤神功」、「一瀉千里」二技令人震驚，而今竟傷倒在地，且不明不白。

兩人一看傷口，知道巴天石中的絕不是細針之類，有那一種暗器還會隨血液潛入體內呢？不禁暗自心驚。

這時巴天石的臉色忽轉青暗，猛地躍起，竟把自己的一身黑袍撕得破碎，碎布在風雪中飛揚，一黑一白，布片雪花，煞是悽厲！

只聽巴天石用一種極其恐怖的聲音，指著眾人，道：「鬼！鬼！你們也會跟我而去……桀桀……桀……鬼！鬼！」披頭散髮，雙目發赤，嘴也笑裂出血，狀若厲鬼，一時也無人敢於上前，巴天石叫到最後一個「鬼」字，忽然聲嘶而倒，嘴裡流下的血，再也不是紅色，而是黑色的。

追命走過去一探鼻息，知道巴天石已經氣絕身亡。

這時「少林四僧」、「武當雙宿」也已趕至，見狀莫不「阿彌陀佛」，低唱佛號，爲巴天石超渡。

眾人看見巴天石忽然慘死，不覺心中發毛，天地間隱隱約約似有什麼東西在呼叫著，一聲又一聲。

夜色已經降臨了。

追命看著巴天石的屍體，低頭沉思，蔡玉丹沒有說話，伍彩雲受到了一些驚嚇，殷乘風正在安慰幾句，倏然，一聲撕心裂肺的慘叫，自後方傳來。

追命變色道：「不好！」

「少林四僧」、「武當雙宿」身形甫一展現，「呼」的一聲，追命已越過諸人頭頂，似一根脫弩之矢，疾飛而去，邊叫道：「屈兄、蔡兄、殷老弟，要大家併行一起，萬勿再單獨行事。」

殷乘風等當然不再全力急奔，每人相離不到三尺，殷乘風在前，蔡玉丹殿後，奔了二十丈遠，只見雪地上，又有一灘驚心動魄的血漬，在雪地上更顯殷紅。

只見「復仇七雄」，已各手執兵器，圍在一起，追命正在中央，低頭俯視地上臥倒的一人，地上的血，便是這人身上淌出來的。

這地上的人，手裡還拿著三節棍，正是施銅。

他是怎麼死的呢？

而公冶肆、彭古建及畢扁等，又去了那裡？只聽「復仇七雄」中使鐵椎的大漢道：「咱們功夫不好，追你們不上，但這四個頭陀，也遠遠的落在咱們後面，後來我們忽聽到一聲慘叫，便停下了步，回頭奔來……」

使金槍的大漢接道：「我們一來，便看到如此情景了，其餘三個頭陀，也影蹤不見，後來你就來了。」

使金槍的大漢道：「按理說那三個頭陀縱或怕鬼，也不會丟下朋友的屍體不管，而且我們回奔得極快，照理由以他們的腳程，我們是不會看不到他們的。」

使流星鎚的大漢脫口接道：「他們就像憑空消失一般……」

風雪怒吼，昏沉一片，像有千萬個聲音，在陰惻惻地訴說著同一件冤情，各人不免臉色發青，只聽一名使判官筆的顫聲道：「是了，我們返回身來的時候，彷彿還聽到，那三位……三位仁兄的慘叫……來自……來自天空中。」

追命一皺眉道：「什麼？」

屈奔雷怒吼道：「巴拉箇媽子，你少唬人好不好？」

那使判官筆的把胸一挺，忿道：「老子也是天不怕地不怕的，幹嗎要唬你！我的確聽到半空有慘叫，嘴是我的，你大可以不信！」

追命抬頭望望天空，天色昏黑一片，什麼也看不到，連星星也沒有。一望無盡的雪地上，反映得刺目的白，追命嘆了一口氣，問道：「你們有沒有聽見有人用『獅子吼』之類的武功？」

使雷公轟的漢子道：「沒有，除了那一聲慘叫，我們只聽到半空中隱隱約約有些聲音，但什麼也看不見。」

另一名使軟索的大漢道：「若是有人施用『獅子吼』，你們也必會聽到的。」

追命沉吟道：「不錯。」

望了望諸人，苦笑道：「這施銅全身上下，沒有傷口，連小孔也沒有，倒是耳膜震破，直震傷了腦子與內臟，才釀成大量吐血而歿。施銅的死，除了有人用佛門『獅子吼』功震死外，只怕沒有別一種可能了；但『獅子吼』一旦施用，只怕五里之內也清楚可聞，可是我們卻連一點聲音也聽不到。」

追命又苦笑了一下，指了指雪地上一排零亂的足印，又道：「不可能，只有來的腳印，沒有回的腳步，也沒有別個方向的腳印，這兒又沒有機關，畢扁、彭古建、公治肆三人，像是……咳，真的是忽然間消失了……」

眾人心裡又是一寒，憑畢扁等四人的功力，在一剎那間被殺，已是不可能的事，而其餘三人竟自空氣中消失了，更令人心裡不安，一時都不知如何說話是好，忽然在夜色裡，風雪聲中，傳來一幽異而悽愴的女音：

「……月色昏，夜色沉，

幽冥府內，日月無光，

又添無數魂……」

那使判官筆的「復仇七雄」之一，全身顫抖了起來，道：「我我我……不想想去去去了……」

突聽屈奔雷一聲暴喝：「滾出來！」「嗚」地一聲，飛斧脫手而出，竟憑聲認位，飛斧閃電一般，直向東北方黑暗處旋斬而去。

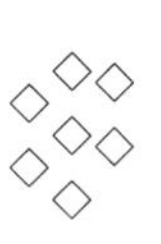

歌聲突止！

黑夜裡烏光一閃，那飛斧劃了一個圈，飛回屈奔雷手裡。

屈奔雷一看利斧，果有血漬，但斧面上卻是一隻小鳥的頭。

屈奔雷不禁苦笑了一聲，自己驟然飛斧出手，只不過砍了一隻棲息在寒椏上的小鳥的頭。

使流星鎚的大漢也全身「格格」地抖顫了起來，道：「我們是……人，還是……還是勿惹那些東西爲妙……」

屈奔雷怒視了這使流星鎚的漢子一眼道：「聽說你們的武功，已練得跟你們的師父差不多，不過你們的師父『十絕追魂手』可沒有你們那麼膿包！」

那使雷公轟的漢子向使流星鎚的大漢怒喝道：「對，我們絕不能辱了師父的名聲！」

使金槍的漢子也道：「我們是爲了替師父報仇，你這麼怕，三年來的苦練去了那裡？爲了什麼？」

使鐵椎的大漢也道：「咱們一人一條命，七人七條命，先上了『幽冥山莊』再說！」

忽然半空中又傳來悽厲的歌聲，比第一次的還要可怖得多。

「……月色昏，夜色沉，

一入幽冥，永不超生，

可憐無數魂……」

屈奔雷突然大喝一聲：「著！」「嗡」的一聲，飛斧又脫手飛出，比第一次飛斧，又快了一倍。

蔡玉丹右手一抖一震，一條金絲被抖得筆直，向黑暗裡閃電般刺去。

追命身形一閃，已聞聲掠了過去。

一時之間，三大高手同時出擊。

只聽一聲慘叫，便沒有了聲音。屈奔雷撈住飛斧，只見斧上赫然有血；蔡玉丹抽回金絲，只見絲上浸血。

追命抱著一人，自黑暗中飛了出來，沉痛的劈頭第一句話便是：「你們殺錯了人了。」

眾人定睛一看，只見在追命懷裡的竟是「行千里」彭古建；這彭古建頸部中了屈奔雷一斧，已幾乎把他的頭身切斷，「氣穴」上更中了蔡玉丹一刺，血湧如泉。

追命冷冷地道：「他是被人點了『啞穴』和『軟穴』放在那兒的，鬼也會點穴，也便不是鬼了。」

追命這句話，也純粹是安慰大家，沒料到那使判官筆的仍顫聲道：「鬼是無所不能呀，當然也會點穴了。」

屈奔雷瞪了蔡玉丹一眼，卻是十分驚訝，蔡玉丹的武功，似比他想像中還好得多了，原來蔡玉丹和屈奔雷那一刺一砍，看來是同發同收，事實上，蔡玉丹仍是快了半步，先刺中彭古建的「氣海穴」，所以當屈奔雷的斧砍中彭古建時，「氣海穴」被刺便衝破了「啞穴」，彭古建中斧時，還叫得了一聲就是這個緣故。

蔡玉丹卻因誤殺了人，十分難過，追命沉聲道：「從現在起，我們都要提高警覺，全神戒備，萬勿分散。我們都不要奔馳太快，屈兄，你和我開路，蔡兄、殷老弟，你們殿後，辛氏兄弟，你們守在中央。」

在場的人，確是以追命的武功爲最高，其次便是屈奔雷、殷乘風、蔡玉丹、伍彩雲四人，再次是「勾魂奪魄」兄弟，追命都把他們安排在極重要的位置上，以俾守望相顧。

這一行剩下二十人，緩緩往「幽明山莊」推進，再也沒有急馳力奔；適才的一陣狂奔之下，三十里的行程，也跑了幾近二十里，剩下的也沒多少路了。眾人因施銅的慘叫聲而回頭走，而今再往前走去，只見雪地上一路都是自己等剛才走過的步印。

這些步印當中，「少林四僧」及「武當雙宿」的步印，如平常踏行一般，鞋印不大不小，但在急奔中及鬆軟的雪地上，能印下這樣的痕跡，已經是很不錯了。「勾魂奪魄」兄弟的步印，則只是有前趾與後跟留印，中間幾乎全無痕跡，功力又是更深一籌。

蔡玉丹與屈奔雷的足印，只有前趾的一點痕跡，因爲二人的輕功不算太高，乃憑一口內力奔行的，所以痕跡旁雪花只下陷少許。

而殷乘風與彩雲飛的步子，則是連足印也沒有，仔細看去只有一點點的雪花被壓散了一些而已，煞是駭人聽聞。

而追命呢？則根本連足印也無，已到了「踏雪無痕」的境界了。

相比起「復仇七雄」的足印，每一步都比他們的腳底還要大，踏得雪花粉碎，而畢扁等的足印，更是踏得雪面下陷數寸，幾乎是等於一足踏下，雪面便下陷，每一步要拔足一次才能行走，實在是相距太遠了。

這二十人越過巴天石的屍體繼續向前跑去，忽聽一陣馬蹄之聲，緩緩傳來。追命打了一個手勢，眾人停下，只見有十多匹馬，秩序井然的慢慢行近，馬背上都馱著一個人，十多匹馬被一條長長的繩索牽繫著，所以不會走散。

追命看來怪異，大聲道：「請問來者何人，煩請報上字號，免有誤會。」喝問了三次，來人依舊毫無動靜，依舊策馬向前緩行，追命一揮手，與屈奔雷雙雙如閃電般掠出。

屈奔雷一反手，已把第一匹馬上的人抓了下來。

當屈奔雷抓住第一個人時，追命已撲到第二匹馬上，把馬上的人掀了下來，兩人同時驚道：「死人！」

前面的兩匹馬一受牽制，後面的馬都停止了下來，只見馬上的人，都是蒼白得無一絲血色的死人。這些人死得十分特異，都是雙目暴瞪，全身軟綿綿的，像全身的功力都忽然消失了似的，而且身上的血，都被吸乾，使軟索的大漢驚叫道：「吸血鬼！」

這十來個死人，大家都認得出，正是適才與常無天一齊入店的客人，連那名使虎頭鐺替常無天吹噓的漢子也在內，無一倖免，看來不覺心寒。

這時，雪飄四處，又傳著那悽厲的歌聲，屈奔雷眉一揚，又想動手，追命臉色一沉，沉聲說道：「切勿貿然動手！誘他出來再說！」

那怪聲笑了幾聲，又不知去了何處。追命側耳傾聽了一會，忽然向屈奔雷道：「屈兄，可否借斧一用？」屈奔雷不明所以，相信追命並無惡意，於是便把斧頭遞了過去。

追命若有所思，突地把斧頭一翻，映在雪面上，斧面反射出刺目的光芒，就在那一刹那間，斧面上忽然呈現一黑影子，一閃而沒！

追命心中已有了分數，忽向殷乘風問道：「殷老弟，昔日我助你那位周白宇城主對抗無敵公子前，我方已死了幾個人，都在極不可能的情形下遭突擊而歿的。那時候我們正走在一片荒漠上，根本看不見敵眾，但只要自己的人一有疏忽，離開大夥兒遠一些，便遭殺身之禍，你知道那是什麼東西下的手麼？」

殷乘風一怔，回想了一下，忽然恍然大悟一般地道：「我明白了，白宇兄有告訴過我那段經歷……」

追命微笑打斷了殷乘風的話，道：「明白就好了。」

屈奔雷也道：「用不用得著我？」

蔡玉丹道：「追命兄力殲無敵公子，確已揚名天下，在下亦略有所聞，在下等若能有效勞之處，在下定必傾力相助。」

追命微笑道：「先謝謝諸位了，我、蔡兄、殷老弟合作把屈兄打上去，那要看屈兄的飛斧砍不砍得下他了！」

屈奔雷大笑道：「好！沒問題！」

追命忽然沉聲喝道：「他低飛了，起！」

蔡玉丹忽然金絲一抖，足有廿來尺長，已纏住殷乘風與屈奔雷的腰。

少林四僧、武當雙宿、復仇七雄、辛氏兄弟等，俱是一呆，以爲蔡玉丹要暗算屈、殷二人。不料蔡玉丹把金絲一甩，直往上拋去，把屈奔雷、殷乘風二人扔上半空四、五丈高！

殷乘風與屈奔雷全無運力，眼看勢將竭止時，殷乘風猛地用雙手托住屈奔雷雙腳，一吸中氣，竟以絕世輕功，憑空再昇起二丈，力將盡時，雙掌用力一推，把屈奔雷再往上托起丈餘。

屈奔雷的身子一直沒有著力，眼看殷乘風掌力將盡時，憑著一口內力，猛一吸氣，再昇起一丈，大喝一聲，飛斧脫手往上飛出。

這一柄飛斧，是屈奔雷全力施爲下擲出的，足足飛了兩、三丈，「颼」地一聲，已砍中了一飛行中的物體，「噗」地一聲，跟著便是一聲長鳴，半隻巨翅和鮮血染著的羽毛，紛紛落下！

這只不過電光火石般的工夫，蔡玉丹、殷乘風、屈奔雷這三大高手的合作之下，這一柄飛斧，竟能在離地幾乎十五丈高的半空，命中一隻大鵬鳥！

「少林四僧」、「勾魂奪魄」兄弟、「復仇七雄」、「武當雙宿」一時都明白了過來，不覺「啊」了一聲。斧一命中，即飛回屈奔雷手中。殷乘風這時已躍落地面，因爲離地太高，落地時仍不免往下蹲了一蹲，以卸去下墜的重力。

屈奔雷的輕功比殷乘風又是差了一截，但屈奔雷一接著飛斧，向下降了五六丈，蔡玉丹的金絲又「颼」地纏了上來，向後一送，使屈奔雷斜飛落地，等於消去了七、八成下降力。

這三大高手的配合，真是快如閃電，天衣無縫！

追命呢？

屈奔雷的飛斧一擊命中，追命便開始狂奔了。追命的狂奔是追著那頭斷翅的大鵬，這大鵬和滴落的血，一直滑翔出十多丈遠，才終於掙扎而飛不起，落到雪地上來。

那大鵬鳥一落地，追命也就到了。

那大鵬鳥的左翅，幾乎被砍去了一半，叫聲十分悽厲，可是一見追命掠到，竟仍能轉過身來，右翅飛掃而出，擊向追命！這一掃，力逾千鈞，追命心中暗驚，心忖：如適才殷乘風、屈奔雷、蔡玉丹的一擊不是猝起發難，只怕仍傷不了這頭大鵬的；縱然突施辣手，這大鵬仍避過了要害，但卻傷了翅膀，再也飛不起來了。單看它這一掃之力，嚴然有武功的招式，受傷後仍英勇若此，只怕不比「勾魂奪魄」兄弟易纏多少。

但這頭大鵬畢竟是受傷了，追命更提防的是鵬背上的人，一定更加厲害，所以十分小心，遂飛起避過一掃，猛地躍近，一腳向鵬背上的人踹去。

「砰」！那鵬背上的人居然給追命一腳就踢飛了下來，這連追命也沒想到，不禁怔了一怔，那巨鵬鳥一翅掃來。

這一翅之力，何其之大，追命不閃不避，以左足釘在地上，右足一抬，向鵬翅踢了過去。

足翅碰在一起，巨鵬的翅被震得向後一盪，追命卻像釘子一般，動也沒動。就在這時，「勾魂奪魄」兄弟已欺了上來，閃電一般，在巨鵬的左右二目上印了一掌！這巨鵬哀嘶一聲，終於命歿。

只聽彩雲飛驚叫道：「是他！」

原來彩雲飛已扶起那自鵬背上踢落的人，這人不是誰，竟是那個「方便鏟」公冶肆。追命趨前一看，只見公冶肆胸膛捱了一腳，肋骨斷裂，已然氣絕。

三 破不破得了陣？

追命衝近一看，不禁苦笑了一聲，再仔細一看，才發覺這公治肆全身蒼白，頸上竟有兩個齒印，全身的血都被吸乾了似的，早在追命踢出一腳之前，已然斃命。

追命冷笑道：「這些『幽明山莊』的鬼，便是以這頭大鵬鳥來追蹤我們。它飛在半空，天色又那麼昏暗，我們自然沒有發覺。我適才想起對無敵公子一役中，對方也是以一頭大鵬，翺翔在半空，伺機搏殺了我們不少人，於是我借用屈兄的斧面一照，果然映出了這大鵬鳥的影子。不過這隻大鵬鳥的任務只怕不在殺人，殺人的是另有其人，否則以它的力量，要殺巴天石是不可能的；要殺公治肆等，至少公治肆等仍可以喊叫出來。我的猜測是，這巨鵬的責任是把已經被殺了的人，擄著而飛翔在半空，隨意放在我們所意想不到的地方，讓我們撲朔迷離，而不敢前去『幽明山莊』。這分明都是人安排的，那裡是鬼的力量？」

追命指了指那頭死去的大鵬，「就算是鬼，我們也可以叫牠再死一次。」

那使軟索的大漢小心翼翼地問道：「那麼，為什麼施銅等失蹤時竟來不及呼喊一聲？」

那使判官筆的大漢也戰戰兢兢道：「還有那聽聲不見影的歌聲，為什麼又那麼飄忽不可尋？」

那使流星鎚的大漢也大惑不解地道：「是呀，還有巴先生死得不明不白，每個人死的時候頸上都有兩個齒印，難道……難道真是吸血鬼？」說到「吸血鬼」三字，他自己也打了一個冷顫。

追命笑道：「我也不知道，我也無法解釋。要知道真相的，只有一條路，去『幽明山莊』。」

忽然在雪地上，不知何方，有一個悽厲的聲音在呼嘯著：「四師弟……四師弟……你們殺了我的四師弟……」

屈奔雷怒喝道：「你四師弟是大爺我殺的，你有種就滾出來，大爺我連你也殺了。」

一話剛畢，忽地自一棵枯樹後，「虎」地飛來了一團大物，挾著厲風直撞屈奔雷！屈奔雷就在對方扔出此物時，已認清了方向，飛斧脫手「颼」地飛去，隨後雙手一托，抓住那撞來的事物。

就在屈奔雷雙手抓物的一刹那，那枯樹後又飛出一件事物，直插屈奔雷左右脅之下。

屈奔雷一抓住撞來的事物，一看，那竟是一個死去的人，身上全無一絲血色，頸上有齒印，便是「奪魂鈴」畢扁！但來勢力道極大，天生神力，功力深厚的屈奔雷也不禁被撞得倒退三步！就在這時，那件閃著白光的暗器，已接近屈奔雷的左右脅下。

屈奔雷手接畢扁，無法相接，飛斧又擲了出去，而身體被撞得倒退，無法及時挪動，眼看就要被那兩件事物襲中時，「噗噗！」二聲，那兩件事物，分別被兩隻手，一左一右的抓住。

原來在這千鈞一髮的刹那，蔡玉丹與殷乘風已抓住了那兩件暗器，只覺手上一涼，急把它扔開，「乒拍」一聲，那兩件東西一齊斷裂，原來是兩根尖利的冰條，冰條上閃耀著暗青，彩雲飛心智靈敏，立時恍然道：「難怪巴先生會這樣了！」

一時大家都為之恍悟，原來巴天石中的實在是這種冰條，冰條一刺入體內，遇到了熱血，自然便會融化，所以追命等趕去之際，便已見不到暗器了，縱有，也是短短的一截，在雪地上，根本不會引人注目，最多以為巴天石掙扎時震碎冰塊，血染雪地而已；而這冰條上又淬了劇毒，使到巴天石臨死前神智喪失，胡言亂語，令大家心寒不已。

屈奔雷見殷乘風、蔡玉丹救了自己，心中好生感激，沒料到他發出去的一斧，竟沒有飛回來；就在那枯樹後扔出了畢扁屍首的刹那間，追命已到了樹後，只見樹後雪雨紛飛，敢情是正激戰得地上的雪激舞不已。

屈奔雷、殷乘風、彩雲飛、蔡玉丹四人同時間躍到樹後，便聽見「砰！」地一聲，一個蓬頭披髮，狀若鬼魅的枯瘦女人，倒飛了出來，勉強站定身形，仍搖搖欲墜，目露凶光，瞪著諸人，忽然一陣劇震，口裡溢出了大口大口的鮮血，這女人的腿上，正嵌著屈奔雷的飛斧，鮮血汩汩而出。

只見追命緩緩自樹後行出來，拍了拍身上的雪花，只見他臉上、髮上、眉上，

都盡是花白的細雪，敢情適才短短的一戰，卻是十分劇烈。

追命看著那狀若鬼魅的女人，緩緩地道：「辛十三，妳完了。」

眾人一聽追命叫這個女人爲「辛十三」，不禁大吃一驚，原來江湖上確有個辛十三娘，這辛十三娘武功不弱，已在「勾魂奪魄」辛氏兄弟之上，更厲害的是這辛十三娘竟具有動物的本能：護體色，如貼在樹上動也不動，便像一張葉子一般，如坐在地上動也不動，便像一塊岩石一般；在黑夜裡便像是夜色的一部分，在雪地上就變成了雪花，誰也認不出來。

這辛十三娘還以發射淬毒暗器稱著，而且好殺成性，據說一天非殺一人不可，若十三天未殺一人，她的「護體色」功力便自會減退。

這辛十三娘作惡無數，殺戮最重，是武林中有名的女魔，後來被「天下四大名捕」追捕，據說她逃往湘西一帶，遇上了更惡名昭彰的女魔頭「血霜妃」艷無憂後，便匿名滅聲，再也不見她在江湖上行走了，沒料到今日殺人的，竟是這個辛十三娘。

殷乘風道：「大哥，你擊中她了？」

追命沉聲道：「我踢中她胸膛一腳，只怕傷得不輕，如不是屈兄的一斧，分了她的心，只怕我還戰她不下。」

屈奔雷赧然道：「要不是你與這妖女纏戰著，我這一斧，又怎傷得了她？若不是蒙蔡兄、殷老弟出手相救，我早就沒命了。」因他感激兩人相救，言詞也客氣了許多。

追命忽然喝問道：「辛十三，妳躲在這兒，扮鬼殺人，究竟爲的是什麼？」

辛十三娘盯著追命，眼睛發出瘋狂的怒火，桀桀笑道：「你管不著！」

追命逕自問道：「『懾魂魔音』不是妳所長，妳究竟是從那裡學來的，『血霜妃』又在那裡？」

辛十三娘怪笑道：「我死了也不告訴你！」忽然身形一閃，往後疾退，「少林四憎」四人佛袍一展，所佔的崗位正好是辛十三娘的後方，大喝一聲，四掌擊出，忽然不見了辛十三娘的影子，只見一團雪球滾來，雪球上隱然有血漬，「少林四憎」發現辛十三不見，只怕她從旁側擊，急忙收掌躍退。

只聽追命大吼道：「小心!那雪團便是她!」只見那雪團忽然長起，竟成了辛十三娘，正欲標出，「颼」地一聲，金絲疾閃，刺向辛十三娘身上「玄機」、「天樞」、「天池」三大要穴。

蔡玉丹這一出手，疾快無倫，但辛十三娘也非浪得虛名，身形在半空挪動三次，避過三刺，飛躍過「復仇七雄」頭頂，眼看就要衝出重圍，忽然彩衣一閃，伍彩雲兩手雙劍，玲瓏閃燦，已截住了辛十三娘，兩人在電光火石間，已交手了七招，只見半空中是一個狀若厲鬼、披頭散髮的婆娘，一是彩衣翩翩、宛似仙子的姑娘，來來往往間，都是令人驚心動魄的招式。

彩雲飛這一阻，追命便已至，辛十三娘吃過追命的虧，掉頭便走，追命大喝一聲，一足踢出，辛十三娘竟長空躍起，翻了一個筋斗，到了追命的後頭，追命冷哼一聲，另一足竟也自後踢出，變成一前一後，兩足半空左右平平分踢。

辛十三娘吃了一驚，猛一吸小腹，避過一擊，追命大喝一聲，全身竟旋轉起來，那一雙腿，便像風車一般，向辛十三娘旋捲了過來。

辛十三娘幾時見過如此精妙的腿法，這旋轉腿法又疾又快，辛十三娘更不知從何抵擋，尖叫一聲，手一揚，發出了十七、八件暗器。

辛十三娘一手能發十、七八樣暗器，已屬難得，更何況那是十七、八件不同的暗器，都是淬毒的，有快有慢，但到了追命的身前，追命腿法急旋，竟把暗器全部都震落了下來。

畢竟這也阻了追命一下，辛十三娘趁機翻身，避過辛氏兄弟各一掌，正欲再度躍起，忽然心口一痛，原來她適才捱了追命一腳，受傷不輕，而今數度突圍受阻，已用了全力，震動心脈，不禁痛若刀絞，「武當雙宿」呼嘯一聲，雙劍左右刺到。眼看就要刺到辛十三娘的身子時，只見辛十三娘已然不見，只剩下一棵枯樹，不禁一呆，忙收劍住手，沒料到樹身一動，竟不是樹而是辛十三娘，爲時已晚，辛十三娘十指如鉤，已抓入青靈子胸膛中。

青靈子痛極慘叫，撒劍一抱，抱住辛十三娘，青松子見師兄遇難，心中大震，猛然出劍，劍穿辛十三娘的背心。

辛十三娘尖嘶一聲，竟掙破青靈子雙臂，返身一口，咬在青松子的咽喉上，青松子出身名門正派，那有見過這種拚命的打法，心裡一慌，便被咬個正中。

眾人離得太遠，欲救已無從，青松子倒下地去，辛十三娘以手抓住貫身長劍，桀桀笑道：「你們……你們少得意……我二師姊……我大師兄……會找你們……報仇的……」猛地把劍一拔，鮮血飛濺，辛十三娘晃了一晃，終於倒地氣絕。

眾人見辛十三娘倒地死去，才吁了一口氣，本來這干人都是江湖上的成名人物，那種陣仗沒有見過，但辛十三娘這種狠命的打法，突出重圍的血拚，殺「武當雙宿」後拔劍身亡的場面，令眾人也不禁心驚。

追命長嘆一聲，緩緩道：「只怕『幽明山莊』這一役，死傷更大了……」

屈奔雷以為追命頹喪了，於是奇道：「追命兄何有此言？」

追命沉重地道：「這辛十三成名絕技除了一身武功外，便是這『變色大法』與淬毒暗器，而今她竟會『吸血功』以及『懾魂魔音』顯然都是『血霜妃』所傳的，這『血霜妃』比這辛十三娘，更難惹數倍，所以這辛十三娘遇著『血霜妃』，才會乖乖地服服貼貼，這辛十三臨死前叫的『大師兄』、『二師姊』只怕那『二師姊』便是『血霜妃』，竟還有位『大師兄』，恐怕更不易應付了。」

蔡玉丹也緩緩頷首道：「追命兄說得不錯，『懾魂魔音』與『吸血功』都是『血霜妃』艷無憂的拿手絕技，這辛十三之所以會使，必是艷無憂所傳無疑……」

殷乘風問道：「敢問蔡兄，這『血霜妃』艷無憂是何許人物？『吸血功』與『懾魂魔音』又是什麼武功？」

蔡玉丹道：「我只知道艷無憂是江湖中一大魔頭，而且年輕貌美，是因為她擅『吸血功』，以別人之鮮血，保持她的青春與容貌，而『懾魂魔音』是一種奇異的功力，能把聲音大小遠近控制自如，像適才這辛十三娘的聲音，便讓人無法捉摸究竟藏身何處；但據說這『懾魂魔音』練到高處，可以令人發瘋，導人致死，甚至可懾魂奪魄，令你做出對方所要你做的事而不自覺，其他的事，我亦不甚分曉，尚望追命兄指教。」

追命道：「指教不敢，但我與我的三位兄弟，都曾於各地追捕過這女魔頭，因她功夫著實厲害，到現在還未捕下她，實是慚愧。這艷無憂貌美如花，心如蛇蠍，曾勾引武林弟子，替她作那傷天害理的事，又為了使她自己練成『化血魔功』，她不惜盜取『元陽精氣』，一夜間閹殺了汴城廿九名少年，可說是令人髮指。這『血霜妃』又擅奇門五行之法，常以陣勢困人，咱四師兄弟無法捕她，有一次便是為這種陣勢所阻，破解不得讓她逃脫了。我現在才領悟，巴天石說背後有聲音，他轉過身去，以為敵人就在後面，結果把背後讓給了敵人，遭淬毒冰條刺入而死，這顯然是『懾魂魔音』的把戲，至於彭古建等忽然不見，連大喊一聲也沒有，顯然是被『懾魂魔音』所懾後，再予殺害。『懾魂魔音』既能控制聲音，所以我們都沒有聽到。辛十三殺害了施銅後，又吸乾了畢扁等人的血，用大鵬鳥把他們的屍首載走，再放在我們看到的地方，嚇懾我們，這些都是所謂『幽明山莊』的詭計……現刻『幽明山莊』有著這麼殘毒的人物，我們更應把他們除去方是。」

屈奔雷大笑道：「行俠仗義的事，我屈某人無此福份，但我要得的是『龍吟秘笈』，少不免也要跑這一趟。」

忽然在風雪遠處，一穿白衣但身上衣衫已千穿百孔的散髮狂人，與風雪齊舞，一面哈哈大笑，走了過來：「……鬼……鬼龍吟秘笈……歌聲……幽明山莊……咭咭咭……」居然行走得十分快速，刹那間，已來到追命等人的眼前，蔡玉丹對那人端詳了一會，動容道：「宇文秀？」

追命長嘆道：「想來正是。三年前翁先生等一役後，只有宇文秀一人逃得出來，但已成瘋，整日徘徊在『幽明山莊』附近而不去，『幽明山莊』傳有『龍吟秘笈』一事，便是由他瘋言瘋語裡得悉。」

這時宇文秀已走近衆人，忽然瞪著彩雲飛，面色大變，驚叫道：「艷無憂！……仙子……魔女……不！我不幹……妳殺了我好了……」

宇文秀如此疾言厲色，彩雲飛爲之花容失色，殷乘風搶身攔在伍彩雲身前，暗自戒備，一面道：「宇文先生，她是在下師妹，並非女魔頭艷無憂。」

宇文秀呆了一呆，怔怔地看著彩雲飛，喃喃地道：「師妹？你師妹？我師妹？師妹……哈哈哈哈……艷無憂……」

這時，「復仇七雄」相逐走近，那使鐵椎的大漢道：「敢問宇文先生，據傳家師乃與先生同入『幽明山莊』後而失蹤的，家師究竟如何？」「復仇七雄」都十分焦急，七嘴八舌的向「笑語追魂」宇文秀探問。

宇文秀呆呆地道：「家師？什麼家……師？家師是誰？」

那使鏈子槍的大漢道：「家師便是『十絕追魂手』過之梗，與你同入『幽冥山莊』……」

宇文秀突然尖聲狂笑道：「過之梗？十絕……追魂……哈哈哈……追魂……幽明山莊……都死了……死了……宇文秀也死了……放過我……」竟一閃身，躍過「復仇七雄」頭頂，落荒飛奔。

「復仇七雄」一愕，「辛氏兄弟」的辛仇冷哼一聲，已攔住了宇文秀，冷冷地道：「慢走，『龍吟秘笈』，是否真的在『幽明山莊』？」

辛殺也長身到了宇文秀身前道：「留下，你看見『龍吟秘笈』是放在莊中何處？」

只見宇文秀恍若未聞，傻立當地，道：「……龍吟秘笈……龍吟秘笈？……幾時聽過？……龍……吟……秘……笈……。」

猛地目中神光一現，向「勾魂奪魄」兄弟怒叱道：「鬼！鬼來了！魔音來！快走……快讓我走！」辛氏兄弟仍舊一攔，宇文秀看也不看，一掌拍出。

辛氏兄弟冷笑一聲，單手一翻，就要接這一掌。

殷乘風見過辛氏兄弟用「斷臂奇功」接過屈奔雷的掌力，再加上他們的功力，自斷臂中反擊屈奔雷的奇功，要不是屈奔雷內力甚高，那一下只怕也得受傷不輕，現下見辛氏兄弟用來對付一個神智失常的人，不禁爲之擔心，當下叫道：「宇文秀先生，斷臂奇功，小心！」

宇文秀聽見叫聲，竟回過首去，向殷乘風一笑，這時掌已相接，宇文秀的掌力如泥牛入海，皆被辛氏兄弟吸入，而自另一斷臂中把掌力反撞過來，這一撞之力，乃集合了宇文秀、辛氏兄弟三人之力，掌未襲到，風聲已然大作。

各人都以爲宇文秀要糟了，「砰」地一聲，宇文秀反掌一推，與那股猛力拍在一起，竟向後翻飛出去，把宇文秀撞出七、八丈遠，只見宇文秀微微踉蹌了幾步，便即用「一瀉千里」的身法，轉眼消失在後頭遠處。

「勾魂奪魄」兄弟俱是一怔，沒料到這瘋瘋癲癲的宇文秀，竟會借自己的力道，趁勢竄出，並無實接，反而藉以掠出七、八丈外，再加上「一瀉千里」的輕功，轉眼不見，辛氏兄弟大怒，怒瞪了殷乘風一眼，就想追去，猛聽屈奔雷怒叱道：「好不要臉，兩個人追打一個瘋子，要『龍吟秘笈』，跟大爺我到『幽明山莊』去找，逼問人家幹什麼？」

「勾魂奪魄」二人對屈奔雷怒視了一眼，因吃過屈奔雷的虧，知道對方乃神力驚人，也不敢造次。追命也冷冷地道：「二位如再繼續胡纏下去，我們可不等二位了。」

辛氏兄弟對追命更心有所懼，強忍一口氣，再也一言不發。

追命深深地吸了一口氣，道：「『幽明山莊』此行甚是危險，如果有不願去者，可以留下，請諸位三思。」

那使雷公轟的大漢膽子最大，當下叫道：「我們『復仇七雄』絕無望之生畏的事！」

「復仇七雄」都嚷著要去，「少林四僧」的龍僧人也合十道：「老衲等遠自嵩山而來，爲的是查明三年前之兇案，自無半途而廢之理。」

「勾魂奪魄」二人冷哼一聲，辛仇道：「我們兄弟既然來了；」辛殺接道：「不達到目的是不回去的。」

殷乘風望了伍彩雲一眼，彩雲飛向殷乘風展顏一笑，笑靨如花，殷乘風正是所謂「初生之犢不畏虎」，意興風發之際，又有彩雲飛鼓勵，遂向追命道：「在下正欲到『幽明山莊』見識見識。」

蔡玉丹卻淡淡一笑道：「而在下卻是『捨命陪君子』了！」

屈奔雷哈哈大笑道：「我不是君子，但也專門喜歡跟小人作對。」說著他把斧頭向辛氏兄弟比了一比，辛氏兄弟氣得臉色發青。

追命見竟是無一人願留下，當下嘆了一口氣，緩緩道：「好，我們出發。記住，不可奔馳太快，走在一起，儘量不要離群，也萬勿率意出手攻擊。」說完後當先奔行。

於是一行十八人，不徐不疾的，穿過「小連環塢」水道，在薄冰上施展輕功。

到了「幽明山莊」前的林子，穿過樹林，「幽明山莊」赫然聳立在眼前。

「幽明山莊」就聳立在追命、殷乘風、彩雲飛、屈奔雷、蔡玉丹、辛氏兄弟、少林四僧、復仇七雄的面前，這山莊久已無人，大雪堆積在簷上、瓦上、樑上、廊上，隱隱有一股殺氣透了出來，追命深深地吸了一口氣道：「我們進去吧。」

忽然彩雲飛驚叫了一聲道：「你們看。」

眾人望了過去，只見莊牆外都是白雪，雪牆上有一生鏽的鐵箭，嵌在牆上，在那兒必定已相當時日，但那支箭居然還染滿了鮮血，滴滴落在雪地上，雪地上被人用鮮血寫了幾個觸目驚心的大字：

一入幽冥莊

此生不還鄉

屈奔雷大笑道：「我屈奔雷本就沒有回關東的意思！」一掌擊去，雪紛飛，被打出了一個大凹洞，那些字也自然不見了。

那使鐵椎的大漢指著那支箭道：「那不是鮑虎的箭嗎？」

「復仇七雄」都道：「是呀，是呀。」

追命道：「據說三年前『陝西三惡』便在此失蹤了，這支箭想必是鮑虎的『穿山箭』。」

屈奔雷大笑道：「管他箭不箭的，大爺我可要進去了。」一抬手，劈開了莊門，大步而入。

這時天色已黯，木門裂開，只見這破舊的莊院，深邃闊大，不知至何處終止。前面正有一條長長的甬道，已被白雪所覆蓋，一路通往莊院。於是一行十八人小心翼翼的行去，除了黑漆一片裡有北風怒嘯之聲外，什麼也聽不到。各人緊緊走在一起，屏息地戒備著。

殷乘風行著，只覺自己腳下格格作響，心中十分奇怪，又似踢到了什麼東西，又似踩碎了什麼東西似的，十分納悶，於是點亮了一支火摺子一看，彩雲飛唬得驚叫了一聲，原來一地都是白骨，更有些人似死去不久，全身無一絲血色，全身已腐爛了七七八八，極爲恐怖，看這些人身旁的兵器，顯然都是武林中人。

追命忽然看見假山石縫之中，插著一柄鋼拐，有好幾十斤重，被人插入石中，可見那人膂力之大。這鋼拐旁有一堆白骨，骷髏頭上的髮色是銀灰的，追命長嘆道：「翁四先生果然是死在這裡！」

這時莊院石階已經到了，眾人小心翼翼地走了上去，只見道上道旁，死屍更多，火摺子燃照之下，只見四具僧人打扮的白骨，分倚在四個柱子上，少林四僧合十低嘆道：「徒兒安息吧，爲師自會替你們報仇。」

「復仇七雄」見翁四先生、少林達摩的屍體都尋獲，爲求急於找到師父，於是大聲叫道：「師父，師父，徒兒們來了。」叫了幾遍，偌大的莊院內回聲不絕，就是沒人回音，「復仇七雄」熱血沸騰，奔將追去，只見有七、八十道長廊，長廊連接長廊，連綿不絕，每條長廊轉彎處，都有一盞宛若鬼火般搖晃不定的黃燈，「復仇七雄」當先走了進去，追命等怕他們有失，也跟了過去。

這些燈十分可怖，照在人的臉上，宛若死人一般，遠遠望去，這些黃火，像爲酆都城的冤魂招引一般。「復仇七雄」等轉了幾個長廊，都找不到出頭，猛地看見欄上伏著屍體，有一個穿著黑衣的，那使金槍的漢子失手碰落了一盞油燈，慘聲道：「那不是……師父的……遺體嗎？」

「復仇七雄」奔了過去，終於認出了是過之梗的屍體，悲憤若狂，紛紛抽出兵器，吶喊著要找人算帳，追命等尾隨而奔，沒料到在黑暗裡跑了一個更次左右，仍是廊連廊，水連水，欄連欄的，一層又一層，永無盡時，追命心想糟了，果然走了不久後，便看到那使金槍的漢子剛才失手打翻的油燈，才知道大夥兒又是回到了原處。

各人心中暗暗吃驚，更加小心的跑了一遍，又半個更次，踢到了三個武當派道人的屍體，無疑便是三年前與翁四、宇文秀、過之梗、達摩四僧一齊入莊的「武當三子」。眾人跑了又跑，又見到這三個道人的屍體，於是更加小心，凡行過處都劃下記號，無奈七曲九迴，還是回到那打翻油燈的地方。

眾人奔跑了近兩個更次，不禁有些累了，竟還沒有走出這些長廊，追命沉聲道：「這些長廊是陣勢，乃按照七曲九迴的奇數來安排的，可惜我也不懂此行陣之法，如果不懂這陣法的話，只怕闖一輩子也闖不出去。」

屈奔雷奔了好一會，額上隱然有汗，心中也有氣，大聲道：「格那媽子，裝什麼鬼，有種出來跟老子大戰三百回合！」叫了七、八聲，震得回音不絕，但除了屈奔雷的聲音外，根本沒有人回應。

追命只見水潭在黃燈照射下，發出墨綠的異光，叫道：「諸位小心，只怕這水有毒。」

隨手撕開一片衣襟，拋入水面，那衣襟竟馬上轉為黑色，立即下沉，追命苦笑道：「只怕我們只有困死在這長廊上，要渡水登萍也不可能了，好厲害的艷無憂。」

「復仇七雄」的使流星鎚的大漢因見師父確是死在「幽明山莊」之中，心中大慟，不管一切，揮舞著流星鎚，叫道：「我才不信走不出這幾塊破木板，我再去走走！」竟然衝了出去。

追命喝道：「不可造次！」但那漢子已衝過了這長廊的彎角處，另兩個使鏈子槍與判官筆的大漢，也相逐奔去，但見轉彎處的黃火忽然一晃，「噗」地一聲，忽然滅了，發出一股焦辣的黑煙，接著，轉彎處的那個使流星鎚的大漢，便發出一聲慘嘶。

那使判官筆及鏈子槍的大漢，俱是一怔！追命、殷乘風、彩雲飛、屈奔雷、蔡玉丹已躍過他們的頭頂，搶入轉彎處，扶持起那使流星鎚的大漢，只見他雙目翻白，全身肌肉怒張，咽喉上，正有兩個小洞，使他斃命。

這時「復仇六雄」與「少林四僧」，「勾魂奪魄」兄弟也到了，復仇六雄自是人人悲憤，但心中又懾於對方在一轉眼間便奪去了自己一名兄弟的性命，追命叱道：「六位，如果你們再不抑制自己，只怕在這『幽明山莊』之中，等於是自取滅亡而已。」

屈奔雷冷笑道：「如果你們真不要命了，你們儘管去了，看誰替你們報師仇！」復仇六雄互覷一眼，屈奔雷這句話正中他們心坎裡，復仇六雄雖不怕死，但他們死了以後，又有誰替他們雪此大仇呢？

蔡玉丹不愧爲武林名俠，至此時此境，仍能氣定神閒，向追命問道：「以追命兄之見，難道是暫就於此，等待天明再說嗎？」

追命嘆道：「這也不知，就算等到天明，我想這陣勢依然是破不了的。如果這陣勢怕光亮的話，也無須點上這麼多燈光了。要是我們等到天明，只怕在我們一失神間，不知還會給對方擄去多少條性命。現下破不破得了陣，是要害。坐在這裡等死，也確不是辦法，可是善法我也未想到，不知各位有何高見？」

屈奔雷嘆道：「如果連追命兄也沒了辦法，更休說我這老粗了。」

「勾魂奪魄」辛仇道：「你沒有辦法，我們就坐以待斃了！」

辛殺冷哼道：「有本領你找到那妖女出來，只懂大言不慚！」

屈奔雷一翻怪眼，粗聲道：「我找不著，你們這兩個陰陽怪氣的又找得著了？」辛氏兄弟勃然大怒。

追命沉聲道：「諸位在這生死關頭，還要胡鬧，那你們到遠一點的地方胡鬧去，別拖累了大家！」辛氏兄弟原來最恨別人說他們陰陽怪氣的，但又懾於追命的威望，當下向屈奔雷怒瞪了一眼，辛仇道：「這筆賬，」辛殺道：「我們記下了。」屈奔雷也學他們的口氣道：「下次我才找你們算賬。」

彩雲飛忽然幽幽道：「追命前輩，我有一個辦法，不知可不可以行得通？」

追命隨意道：「妳說來聽聽。」

伍彩雲道：「這廊陣我們既然闖不出，不如我們索性毀掉這個陣，這陣用的是木板木頭，總不難毀去。」

追命跳起來道：「要得！要得！殷老弟，你這個媳婦兒真是要得。」

原來伍彩雲自小冰雪聰明，她是女兒家，心性善良，不喜殺戮，故武功比不上殷乘風。她自小受南寨老寨主寵愛，南寨高手也十分敬重這位小姐，年幼時每次與高手比試，每次佔下風時她撇一撇嘴，跺一跺嘴，乾脆不打算了，別人也奈她不何，她也用不著苦思破對方武技之計。而今她被陣所困，便想到不如乾脆毀去陣勢算了，這原本是兒時的靈感，但卻是破此「七曲九迴廊」陣法的善計。

追命繼續笑道：「小姑娘好計。我們苦思破陣之法，反而不求毀陣之道，真是枉活了幾十年！這些木柱，因陳年累月，已經破舊不堪，以諸位功力，一個更次內大概可毀去大半，不過諸位萬萬小心，第一，這個陣勢顯然是『七曲九迴廊』的陣法，如果，這陣中靈樞便是這些油燈，既要毀陣便得先熄滅了它，也免得艷無憂看見我們。第二，我們把這些瓦頂、木柱、欄杆全都折了，便會有一條明確的路，但千萬不要拆我們腳下的木板，這小池在此寒冬還不結冰，掉下去只怕是兇多吉少。」

眾人大喜，紛紛動手，殷乘風專注地凝視著彩雲飛道：「彩雲，妳真了不起。」

彩雲飛被自己意中人這麼一讚，兩邊玉頰昇起了兩朵紅霞，殷乘風看得癡了，在這樣昏異的燈光下，彩雲飛一點也不會變成詭異，反而有一種嬌羞的美。

忽然又是一陣慘叫，殷乘風抬目一望，鼻子裡便嗅到了一種焦辣的味道，只見那使鏈子槍的大漢，在吹燈時失手打翻了一盞油燈，黑油濺在手上衣上，竟全身發了黑，殷乘風叫道：「不好，有毒！」

復仇五雄想撲過去扶持那鏈子槍的大漢，追命一長身攔住三人，蔡玉丹也抓住二人，追命沉聲道：「他身上有毒，無論如何碰不得。」

這時，那使鏈子槍的大漢，連臉色也成了灰黑色，只見他凸著雙眼，向復仇五雄嘶聲道：「不要碰我，我活……不了的，爲我……報仇！」說著抓著槍頭，反手一刺，刺往自己小腹裡，倒地身亡。

復仇七雄只剩下五雄，自是大爲悲憤，追命長嘆道：「適才那使流星鎚的大漢死時，有一盞油燈熄了，也發出這樣的焦味，我怎的沒想到有毒。」

屈奔雷道：「既是有毒，讓我來送它下水。」

蔡玉丹道：「我助一臂。」

屈奔雷雙掌遙劈，掌風過處，油燈盡滅，那盛油的小盤子，也被推得平飛而出，落在池裡，毫無一絲滴在廊上；蔡玉丹金絲「颼颼」疾響，金絲一到，已刺滅燈火，再一刺，也把盛油小盤震出廊外，落入池中，滴油不漏。瞬間，全部油燈盡落池中，奇怪的是，油燈盡滅後，藉著微弱的雪光，那長廊反而不顯得似適才那麼深邃。

眾人沒有了油燈的威脅，又勤快地拆起廊上的東西，以這些人的功力，要拆起木建的東西，自然輕鬆至極，只見掌風過去，兵刃過處，長廊上的木欄大柱，紛紛坍倒，忽然又是慘叫一聲，眾人望去，原來是「復仇五雄」中那使軟索的大漢，在拆欄杆時不小心，把廊下木板也掀開了，一足便踩下池去，即時全身麻木，掙扎了幾下，便完全沉沒，只剩下幾個泡沫。過了一會，浮上來的是一團四肢腐爛了但頭部仍完好無損，駭然之色仍盡在臉上的屍首。

追命與蔡玉丹阻止著那復仇四雄下去救人，半晌，追命道：「我們還是拆東西吧，不過都要小心了，要是枉送了性命，誰也報不了仇。」

半個更次之後，這廊上的東西都拆除了，放眼一望，便看見這廊的來路與出路，追命冷笑道：「這次艷無憂困不住我們了。」

忽聽東廂有人「咭」地一笑，一人宛若淩波仙子，姍姍行來。雪花飄飛，但見這女子，二十出頭，像是霜花一般皓潔，雙眸如春水一般蕩漾，不轉目也有風情無數，髮如垂瀑，穿著白色的羅紗，笑著行來。

「復仇四雄」本是悲憤填胸，正待發作，但見來的是這般荏弱與蒼白的女子，不禁奇怪，彩雲飛對她更是好感，笑著叫道：「姐姐。」

那蒼白女子展齒一笑，更是柔媚，輕聲道：「姑娘妳好，過來，過來。」彩雲飛在不知不覺，看看這女子的笑容，竟十分好感，想走過去。

眾人都被這女子的笑容所吸引，也沒有阻止，彩雲飛走前了幾步，那女子柔情地撫著自己的黑髮，輕聲道：「來啊，來啊。」

忽然一聲暴喝，殷乘風全身如一柄厲劍，已到了彩雲飛身前，「錚」地白芒一閃，長劍出手，「叮」地震落一枚飛針！

這一聲暴喝及出劍，令大家都為之一震，立時醒覺，紛紛怒叱，殷乘風拔劍挑落這一針，也是險到了極點，別看小小的一根針，竟把殷乘風持劍手腕，震得隱隱發麻，心中也是暗驚不已。

彩雲飛更是嚇得粉臉如雪，她沒料到這笑得如此親切的女子，竟在撫髮之際，已向自己下了毒手！要不是殷乘風醒悟得快，自己早就沒命了。

要知道艷無憂的「懾魂大法」，只要人一分心，注意上艷無憂，「懾魂大法」便可以使對方的精神完全受自己所制，連功力高深如追命、屈奔雷，因一時不察，也一時被「血霜妃」鎮住了魂；殷乘風的功力本不及追命，應無法倖免，但他的全心全意，都放在彩雲飛身上，雖也為艷無憂的絕色吸引，心神卻仍只在彩雲飛一顰一笑上，故在千鈞一髮時，搶身救了彩雲飛一命，這都是用情專注的造化。

眾人怒視艷無憂。艷無憂卻自自然然嫵嫵媚媚笑道：「這位小姑娘破了我的『七曲九迴廊』陣勢，我想嚐嚐她的血，究竟是甜的？還是酸的？是苦的？還是鹹的？」

屈奔雷怒喝道：「妖女，妳還有什麼法寶，快使出來。」

艷無憂輕輕笑道：「我還有什麼法寶呢？『七曲九迴廊』叫你們給破了，這『化骨池』化不了你們的骨，『煉獄油』也炸不開你們的皮，『搜羅神針』又被你們接了，『懾魂大法』亦制不住你們，我還有什麼，只好任憑你們宰殺了。」艷無憂把那幾件殺人的武器說起來，竟說得輕描淡寫，全不像極其凶殘的毒物，甚至越說越楚楚可憐了。

要知道這個名懾武林的「血霜妃」艷無憂，天質聰敏，而且練得一身好功夫，但被一西域王子騙了身子，開始時這王子對她還真情，故取名爲「霜妃」，但後來始亂終棄。艷無憂對其倒是一往情深，故屢屢相求，求西域王子勿捨她而去，但西域王子心狠手辣，毀去其容，把她打落深崖。艷無憂卻大難不死，矢志復仇，練成了「懾魂大法」與「懾魂魔音」，並練成了「吸血功」以別人鮮血來回復自己的容貌，又練成了見血封喉活不過一個時辰的「搜羅神針」，千里追蹤，終於找到了西域王子，以「懾魂大法」鎮住衛士，以「懾魂魔音」擊敗西域王子，更以「搜羅神針」刺其雙目，以「吸血功」吸盡其血而去。

這之後，這「血霜妃」的名因而得來，她也人心大變，殘害青年男女與孕婦無數，練成「化血魔功」，是以容貌越是艷美；這激起武林正義之士震怒，但都死於她手下，後來這「血霜妃」更練成以奇門陣法困人，就更加無可匹敵了。

所謂「化骨池」、「煉獄油」都是名震天下的「武林第三毒」司徒無后的特製品，是絕毒的物品，至於何以在艷無憂這兒出現，則不得而知了。

艷無憂說得淒然，少林四僧本就是佛門中人，慈悲爲懷，當下「龍僧人」合十道：「阿彌陀佛，老衲來此，亦無加害女施主之意，女施主若能放下屠刀，立地成佛，老衲只求護送女施主至嵩山一行，向方丈大師懺行悔過，定可恩仇化解，女施主勿用擔心。」

那使雷公轟的復仇大漢卻吼道：「大和尙，你們能放過她，我們的師父，兄弟們，都死在她的手中，怎能放過！」

艷無憂微展櫻唇，向少林四僧笑道：「你們看，你們四位肯放我，人家可不肯放過我哩。」

少林四僧垂首道：「阿彌陀佛。」

艷無憂俏笑道：「你們唱的佛號，不甚好聽，還是讓我唱句歌兒給大家消消悶。」

追命突然喝道：「不可給她唱——」

猛地住口，這時艷無憂已白紗旋了幾旋兒，轉了幾轉兒，柔荑玉手，如花瓣開，雪玉一般的臉蛋兒，如癡如醉般地唱道：「雲想衣裳花想容，春風拂檻露華濃……」追命正想喝止，猛覺心胸一蕩，忙閉嘴以一股真氣，護住心脈，才不致被懾去了魂。

追命心中知道，這便是艷無憂的「懾魂魔音」。只見屈奔雷的臉色，也柔和了下來，蔡玉丹也沒有平時那麼安詳，竟是聽歌後十分激動，辛氏兄弟臉上也一片茫然之色，「復仇四雄」更是如癡如醉。

艷無憂再悠悠的舞了幾舞，歌聲旖旎，真的似是皇宮春光，楊玉環的雍華風姿，與唐明皇的風流艷史，歷歷都在眼前，各人心中更蕩，只聽艷無憂媚聲唱道：「若非群玉山頭見，會向瑤台月下逢……」眾人都不覺癡迷不已。

追命大急，知道若再不制止，只怕諸人都要遭殃，於是強提一口真氣，護住心胸，勉力一步步的向艷無憂走去，以求一出手便切斷艷無憂的魔歌。

追命勉力走前了幾步，只覺心情異樣，愛慕之念頓生，情知不妙，忙又全神運起內力，壓制綺念。以追命的內功尚且如此，其他的人，更不用說了。復仇四雄，定力最低，當艷無憂唱到：「一枝紅艷露凝香，雲雨巫山枉斷腸……」時，楚襄王夢見巫山神女和他幽會而又畢竟只是一場夢，空想只令人斷腸，唱到這裡，哀悽迷艷，復仇四雄爲之惻然而舞，「通」地一聲，那使判官筆的大漢踏入池中，瞬間這「化骨池」又多了一具腐屍。

追命情知若不制止這魔歌，大家都危險至極矣，就在這時，忽聽一人朗聲吟誦，宛若龍嘯昂宇……

「……借問漢宮誰得似，可憐飛燕倚新妝……」原來這是殷乘風引吭高吟，溫柔而不艷靡，愛慕而不綺想。

本來這「懾魂魔音」能制住追命，自也能制住殷乘風、彩雲飛。無奈在場中以男子居多，故艷無憂只好以綺艷之音，來誘導他們非非之想，藉以驅使他們一一投入「化骨池」中。這一來，對彩雲飛是女子來說，只有繾綣愛慕，再加上彩雲飛玉潔冰清，所以這魔音並不能控制了她的心魄，殷乘風是男性，理應爲其所惑，但他情專於伍彩雲，楊貴妃雖姿媚容麗，他也只不過是仰慕罷了，何況他眼前還有彩雲飛。彩雲飛看見情勢不妙，忙用力捏了捏殷乘風之人中穴，殷乘風頓然醒悟，見眾人如癡如醉，追命則大汗淋漓，忙引吭高誦李白的「清平調」。

殷乘風自幼熟讀詩書，對詩詞甚有所得，所以書卷氣極濃，平日他又極其仰慕李白的作風，覺得這唐朝詩人不僅是位才子，而且還是位劍俠，所以吟來特別神氣；艷無憂所施的是「懾魂魔音」，殷乘風的乃是正氣之聲，無奈功力不深，自敵不過「懾魂魔音」，可是艷無憂所唱的詞也是「清平調」，要知道李白這首「清平調」，媚而不俗，秀而不艷，對貴妃明皇的愛情稱羨，但絕不淫靡，甚至在頌揚中隱有諷喻之意，詩人李白爲李謫仙，詩高妙清逸，爲人甚得山嶽之氣，這首「清平調」使楊貴妃因高力士的破壞而心暗恨於李白，至後來李白被貶放江州，這股風骨，並非艷無憂這等艷唱靡調所能改變的。

故殷乘風歌聲一起，艷無憂的「懾魂魔音」漸然轉弱，當殷乘風唱至：「名花傾國兩相歡，常得君王帶笑看……」艷無憂的歌聲已頹不成聲，連艷無憂都大吃一驚，沒料到竟給一個少年人破了自己的魔音。

魔音一被擾，追命當先衝了過來，屈奔雷、蔡玉丹跟著也一左一右掩至，艷無憂花容失色，嚇得連「清平調」最後的二句：「解識春風無限恨，沉香亭北倚欄杆」也無法唱下去了。歌聲一轉，宛若怨女自艾，喁喁自語，初動春情，追命、屈奔雷、蔡玉丹三人本已迫近，尚未出手，一聽此音，心神一蕩，忙運功護住心脈，再也顧不得出手傷艷無憂了。

殷乘風雖引吭高歌，但這次艷無憂所唱的「懾魂魔音」，再也不是任何一位詩詞人所作，殷乘風音律再正義，畢竟內力不高，漸漸地聲轉微弱，竟慢慢的同化進去。要知道，殷乘風雖心底純潔，彩雲飛雖潔玉未垢，但畢竟是血氣少年，少不免情慾欲萌，終於也抵受不了這種淫靡之音，無法自控了。

各人只覺丹田內一股熱流，躍躍欲噴射出來，自是心中大驚，要知道若任其體內真力遊走，很容易會導致走火入魔，那時，就萬劫不復了，忙全力壓制心神，斂神集中，力抗魔音。眾人滿頭大汗，衣衫盡濕，艷無憂繼續自編歌詞，半敞衣衫，露出雪玉般的肌膚，淫靡而舞，臉色卻越來越蒼白，這一場戰鬥，雖雙方均無動手，但比真正動手，還要驚險十倍！

這一場人與慾之戰，眼看諸人就要被慾所制，而致慾火焚身，「復仇三雄」中的使金槍的大漢，最無定力，自卸衣衫，喘息如牛，竟不慎失足，落入池中，又成了池中的一具腐屍。

忽聽一聲佛號，隱然帶著龍吟之聲，在魔音之中挑起；又是一聲佛號，帶著猛虎之剛銳，衝破了魔音；再是一聲佛號，夾著彪之靈忻，鎭壓住魔音；更是一聲佛號，如豹之威敏，擊散了魔音。這四聲佛號，便是「少林四僧」：龍、虎、彪、豹所發的。

少林僧人，戒律極嚴，這龍、虎、彪、豹四僧，自幼在寺中受戒，已無塵念，艷無憂的「懾魂魔音」，雖然犀利，但少林四憎，早無慾念，故四人運起內功，朗吟佛號，佛號不絕，魔音雖強，比之與出家人之清淨無欲，則大爲遜色了。

這一來宛若天外之音，追命、屈奔雷、蔡玉丹皆爲佛號所驚醒；少林四僧更運起神功，以佛門之「獅子吼」神功，佛號源源不絕逼出。這獅子吼是昔年來自印度天竺之達摩所創，一聲獅吼，不知驚醒多少孽障塵俗，而今這獅子吼吼出了佛音，那魔音終被震住。

追命、屈奔雷、蔡玉丹等大喜，正欲出手，只見艷無憂臉色發青，全身發抖，再也沒有當前的清脫風姿了，忽又聽魔音一變，宛若厲鬼呼嘯，冤魂哭訴，在煉獄裡不斷地哀哀傳來。少林四僧的「獅子吼」一抖再抖，竟漸微弱了下去。少林四僧雖心無俗念，但畢竟內力不高，修爲不深，因出身佛門，自是相信十八煉獄之說，行善而得超昇，爲惡而入地獄，而今魔音彷佛是獄中冤鬼，不住地哭訴，要把這龍、虎、彪、豹四僧也拖入地府之中。僧人只求超度，若降爲鬼魂，下十八層地獄，自是極其畏懼之事，於是乎「道高一尺，魔高一丈」，少林四僧心萌恐懼，佛力頓減，魔音高漲，又壓倒了佛音，少林四僧雖仍喃喃唸經，唯只求自保；未已，因艷無憂只求全力先毀這四僧的道行，故四僧已被震得口溢鮮血，十分危急。要是此番來的是少林方丈大師，功力深厚，修爲精純，那又完全不同了。

一方面因艷無憂把主力放在少林四僧身上，追命等雖爲魔音所困，卻仍能自保。追命眼見少林四僧就要一敗塗地，性命難保，於是勉力走近，以圖力擊「血霜妃」，迫使她分神。艷無憂是何許人物，焉有不知，魔音加厲，眾人只覺群鬼掩至，魔邪猖狂，已無可抵制，不禁爲之毛骨悚然，冷汗涔涔。而僅剩的「復仇二雄」，彷佛看見他們的師父過之梗，滿身鮮血，甚爲可怖，自廊上站起，口口聲聲厲言要他們報仇，而那五名已死的師兄弟，也冉冉自池中升起，狀如鬼魅，都指著追命。「復仇二雄」定力已失，神智昏迷，只覺追命乃是大仇大恨之敵，竟揮動著雷公轟與長鐵椎，向追命狠命攻了過去。

艷無憂這「懾魂魔音」，也是極耗內力的，若久攻不下，便得適可爲止，否則大傷元氣。而今艷無憂魔音二度受挫，神色已然大變，只求速把對手毀掉。追命本欲出手攻擊艷無憂，但那復仇二雄這一來，大大擾了追命的心神，追命一方面要把主力護住心神以防魔音的侵襲，一方面要抵擋復仇二雄近乎瘋狂的攻勢，又不忍殺傷復仇二雄，故此縱然他的武功比復仇二雄高出不可以道里計，但也落盡下風，險象環生。

屈奔雷、蔡玉丹等人雖欲救助，但苦於力抗魔音，身子動彈不得。殷乘風與彩雲飛，也瀕臨被魔音摧毀的邊緣。辛氏兄弟，卻已躍躍欲動，被魔音催促得欲殺向屈奔雷與蔡玉丹。至於少林四僧，佛號漸低，命近危垂。

忽然一陣尖聲狂笑，十分癡憨，竟衝破了魔音，一白衣襤褸的人，手抱黑衫人，飛馳而入，一見艷無憂，大喝一聲：「還我師兄命來！」衝近「血霜妃」，便一掌拍去。

原來這人不是誰，卻是宇文秀。宇文秀在三年前，與翁四先生。過之梗等入這「幽明山莊」時，便被這「懾魂魔音」，懾去了魂，以致神智失控，雖能衝出「幽明山莊」，但對它心存恐懼，再也不敢入內，從此浪蕩江湖，胡言亂語。適才他曾遇上追命等，又與辛氏兄弟拚了一掌後，在來路上，竟看見「黑袍客」巴天石的屍體。巴天石與「笑語追魂」宇文秀名屬同門，但情同手足，巴天石此上「幽明山莊」，爲的便是要查出是誰逼瘋宇文秀，要爲宇文秀復仇，惜出師未捷，便遭了辛十三娘的毒手。巴天石的武功，本來比宇文秀還要強一些，因他除了「一瀉千里」輕功大有所成外，還練成了「吸盤神功」；宇文秀武功本不如他的師兄，巴天石既是不能拒抗「懾魂魔音」，因而被辛十三娘所乘慘死，宇文秀自不能與「懾魂魔音」相抗，不過宇文秀此刻心智全失，路見巴天石，激起一絲回憶，認定師兄乃艷無憂所殺，於是再度闖入「幽明山莊」，在這「七曲九迴廊」上遇見艷無憂，艷無憂魔音冠絕，唯宇文秀已然癡狂，除了要殺艷無憂爲巴天石報仇外，心中一無所懼，亦一無所欲，一如「懾魂魔音」對一個法力無邊的得道高僧既生不了效用，但對一初生未懂事之嬰孩，亦一無用處，所以宇文秀不爲魔音所懾，反而狂笑劃破魔音，發招直攻向艷無憂。

魔音一破，屈奔雷、蔡玉丹二人彈起足有丈餘高；因爲二人全力抗拒魔音，只覺壓力沉重，而今壓力頓消，收勢不住，餘力彈起丈餘高，二人各自凝定心神，力求落地輕盈，以免踏碎木板，喪生池底。

那復仇二雄因魔音一失，頓時頹然無力，各自住手；少林四僧「噫」了一聲，紛紛運氣調息。殷乘風、彩雲飛二人，互覷了一眼；辛氏兄弟猶如大夢初醒，心忖好險。

宇文秀的輕功「一瀉千里」，乃是何等之快，因艷無憂專神於施展魔音，發覺他衝近時，爲時已晚，眼看宇文秀一掌往自己的死穴「天靈蓋」拍來，再也顧不得施用魔音，猛地一張口，竟已咬住宇文秀的咽喉，宇文秀喉嚨「格格」兩聲，掙扎了幾下，終因喉管被咬斷，倒地斃命於巴天石屍首之旁。

宇文秀這一來把艷無憂阻了一阻，就在這時，只聽追命大聲疾呼：「快攻艷無憂，勿讓她再施魔音！」追命一共說了十二個字，卻已攻出了三十六腿，招招厲害，先纏上了艷無憂，艷無憂連退三十六步，正欲再施魔音，突地「颼」地一聲，一條金絲向她的「人中穴」刺來，忙低頭避開，蔡玉丹又衝了過來，艷無憂在長廊上以一敵二，已經無法再施展「懾魂魔音」了。其實艷無憂最擅長的，便是佈置奇門陣勢，加上「懾魂大法」與「懾魂魔音」，以及仗以成名的「吸血功」、「搜羅神針」。「化血大法」只是用以容貌永駐，並非武藝，而今陣勢已破，又不及施用

「懾魂魔音」，現在對手只狠命攻擊，奮不顧身，「懾身大法」也施不出，而「吸血功」必須近身時方可見效，追命腿長，蔡玉丹手有金絲，艷無憂根本靠不近去。艷無憂以武功論，尙遜追命一籌，現在再加上個蔡玉丹，一時被逼得手忙腳亂，又因爲適才施展「懾魂魔音」，大傷元氣，容貌已變得十分悽厲，更難施用「懾魂大法」了。

艷無憂在長廊上與追命、蔡玉丹打了幾個回合，猛地張口，咬向蔡玉丹，蔡玉丹匆忙身退，艷無憂才來得及呼嘯一聲，又被追命的雙腿所逼住。

但這一聲呼嘯，忽然在長廊兩端，衝來了十人，竟是那「湘北六豪」及四個金衣人，披頭散髮，目光凶冽，提起兵器竟向追命等截擊而至。

四 殺不殺得了朋友？

眾人知道這些人已被魔音所懾，聽命於艷無憂，屈奔雷見艷無憂如此歹毒，再也顧不得身分，只求速斃「血霜妃」，提斧圍攻了上去，「勾魂奪魄」兄弟，雖生性孤僻，但知一旦被艷無憂突圍，再施「懾魂魔音」，只怕自己就保不了命，故兩人向那十人迎了上去，力拚起來。

少林四僧因體力耗損過度，只能調養。殷乘風知道事情非同小可，也偕彩雲飛齊攻艷無憂，只是彩雲飛一直對這「血霜妃」心存好感，不忍痛下殺手。

艷無憂在長廊上力戰這五大高手，不消片刻，便衣衫盡濕，臉露哀色，眾人畢竟出身於名門正派，只覺以眾敵寡，亦不忍下殺手。那邊的辛氏兄弟，本來生性狠毒，兩人以「斷臂奇功」迎戰，片刻已擊倒兩名湘北豪客、一名金衣大漢。

屈奔雷生性暴烈，終於按捺不住，一斧砍向艷無憂後心，眼看艷無憂中斧之際，忽然金絲一閃，原來是蔡玉丹不忍見艷無憂命喪當堂，竟以金絲纏住屈奔雷的斧頭。

就在這一刻，艷無憂竟拚出了狠功，如白影一抹，已咬向追命。追命急退，竟已退至廊邊，腳一踏空，眼看就要往下墜去。好個追命，猛一提氣，在空中一連三個筋斗，已落到對面長廊上，不禁驚出了一身冷汗。

只是追命落身子另一道長廊上，一時掠不過來。艷無憂已一連十七、八招，招招攻向殷乘風要穴；殷乘風被逼退七、八步，伍彩雲本不想與艷無憂交戰，以放她一條生路，而今一見艷無憂如此拚命，也不禁赫然身退！

本來這一下正是「血霜妃」艷無憂突圍的時候，而這機會，正是蔡玉丹以金絲纏住屈奔雷的斧頭所造成的，可是這「血霜妃」因人經慘變後，性情狠毒，竟「咭咭」一笑，袖中射出三枚「搜羅神針」！

這三枚「搜羅神針」全都射向蔡玉丹，蔡玉丹金絲仍纏在斧上，抽手不及，只好左手一彈，彈落一枚針，頭一偏，又避過了一枚針，第三枚針卻「嗤」地一聲，射入蔡玉丹之左臂中，蔡玉丹只覺臂上一麻，知是毒針，右手一緊，已抽回金絲，直捲向艷無憂。

艷無憂見已命中蔡玉丹，心中大喜，咭咭笑道：「搜羅神針，當世除我和大師兄無人可救，你還是等死吧！」飛身即逃，躍過了「化骨池」，落在另一長廊上。

這時屈奔雷已抽回飛斧，見艷無憂傷了蔡玉丹，勃然大怒，喝道：「妖女，看斧！」飛斧「霍」地脫手飛出，迴旋著向艷無憂當頭砍去。

艷無憂現下的落身長廊，正是「勾魂奪魄」兄弟與那十個迷失本性的人力戰的地方，辛氏兄弟又誅殺了兩名湘北豪客與一名金衣大漢。艷無憂眼見飛斧襲來，屈奔雷的飛斧不愧爲「一斧鎮關東」，艷無憂不知如何躲避，竟隨手抓起一名金衣大漢，迎頭一舉，「噗」地一聲，跟著一聲慘呼，屈奔雷的飛斧便嵌在這大漢的胸上。

這時辛氏兄弟節節勝利，加上現在被「血霜妃」拿著當盾牌的那名金衣大漢，辛氏兄弟的對手只剩下兩名湘北豪客及一名金衣大漢；辛氏兄弟攻勢一轉，兩股掌力，拍向艷無憂。

艷無憂一聲冷笑，把那金衣大漢的屍首一拋，架住這兩掌，沒料蔡玉丹的金絲卻十分之長，竟越過「化骨池」，艷無憂因分神於屈奔雷的飛斧與辛氏兄弟的雙掌，一不留神，雙足已被金絲牢牢捲住。

艷無憂花容失色，強以腿釘在板上，蔡玉丹一抽未動，艷無憂也掙脫不出，追命已「標」的一聲越過了「化骨池」，到了艷無憂的身前，一連八腿。

這八腿，有些是攻向艷無憂的前胸，有些是攻向艷無憂的左右雙脅，有些甚至攻向艷無憂的後心，都是在極不可能的情況下，極不可能的角度下出擊的，追命腿法之詭異，可見一斑。

艷無憂既不能退，又力不從心，勉力接下這八腿，已搖搖欲墜，忽然之間，兩件兵器，一件是雷公轟，一件是長鐵椎，向艷無憂身上打到。

艷無憂的身子本已因追命八腿而搖晃不停，這兩件兵器，又怎接得住，當下「蓬蓬」兩聲，都打在艷無憂身上，艷無憂悽然吐了一口血，那使雷公轟及使長鐵椎的大漢，見一招得手，大喜不過，又欲再打，追命喝道：「生擒她爲蔡兄取藥要緊！」

沒料艷無憂已中兩下重擊，足被纏住，潛逃不得，自知絕無倖理，竟一跺足，返身投入池中，邊厲聲道：「你們都活不了，大師兄自會爲我報仇的……」便沉入池中，沒了聲息，蔡玉丹大驚，忙運力於絲上，強把艷無憂提起，只見她已開始渾身腐爛，慘不忍睹，金絲浸在池中，也變了墨色，可見池水之毒！彩雲飛見此慘狀，大是不忍，失聲驚叫，掩面不看。

艷無憂這一死，眾人都沉重了起來。「勾魂奪魄」兄弟，把那剩下的兩名湘北豪客與一名金衣大漢殺了，一時之間，都靜寂了下來。少林四僧運功調息，也覺得恢復了一些，相繼而起。

追命乾咳了一聲，道：「這『搜羅神針』歹毒無比，凡中此針的人，血液經脈，無不侵沾毒氣，一個時辰後便毒發身死，蔡兄，現下感覺如何？」

蔡玉丹苦笑道：「現下感覺有若蟲嚙全身，難受得很，都是我一念之仁，才遭致這妖女的毒手，也是活該！」

追命道：「既是如此，我們應盡快尋到那『大師兄』，替蔡兄尋求解藥。」

殷乘風道：「事不宜遲，我們現在便去。」

追命沉聲道：「不過這『幽明山莊』中的人，是一個比一個高，適才那頭大鵬是『四師弟』已不易應付；辛十三娘是『三師妹』，更難討好；而今這『血霜妃』爲『二師姊』，已如此了得，只怕那『大師兄』，更是高強，諸位切切小心便是。」

屈奔雷道：「我也要問一問那『大師兄』，所謂『龍吟秘笈』，究竟在何處。」

辛仇冷笑道：「知道了你也未必有命去拿！」

辛殺道：「『龍吟秘笈』豈是你能取得的！」

屈奔雷大怒道：「難道是你們這兩個殘廢有能耐！」屈奔雷曾罵過辛氏兄弟「陰陽怪氣」，而今再罵他們「殘廢」，兩人勃然大怒，就要上前動手，追命下令道：「我們走吧！」

於是一行十三人，走盡了長廊，到了一個大廳堂前，只見那廳堂黯黑一片，廳堂裡點著七盞七星燈。七星燈據說是替三生贖緣的，而今一晃一閃，猶如鬼影幢幢，前生後世的魂，都相聚於此一般。七星燈之後，有一人危然端坐，就像是神龕上的神像。

眾人提高警戒，緩緩入廳，那人依然絲毫不動，諸人越走越近，只見廳內鬼氣森森，黃火映照在那人的臉上，仍是一片無血色的蒼白。那人宛若畫裡的文士員外，彎眉細目，神色和祥，整齊幹淨，頷下有長鬚，蔡玉丹定眼一看，還以為毒發眼花，再仔細的看，才吃驚地道：「你……你是幽明……幽明兄？」

那人平靜地微笑道：「不錯，我便是石幽明，我已等了你四年了。」

屈奔雷也大為驚訝，道：「這便是『幽明山莊』莊主石幽明麼？」

殷乘風也道：「石莊主，這些日子以來，這莊裡發生了許多事情，你究竟在那裡？」

石幽明笑道：「我麼？我一直就在這裡。」

辛仇冷冷地道：「『龍吟秘笈』究竟在那裡？」

辛殺冷冷地道：「你最好還是快快說出來！」

石幽明淡淡地道：「『龍吟秘笈』麼？想你們必是聽宇文秀之說，是我叫霜妃在逼瘋宇文秀的時候，讓他見到武林人士爭奪『龍吟秘笈』的血腥幻象，宇文秀自會在外去瘋言瘋語一番，其實根本沒『龍吟秘笈』那一回事。」

「勾魂奪魄」兄弟臉色大變，追命沉聲問道：「石莊主，你謠傳貴莊有『龍吟秘笈』，那又是爲了什麼？」

石幽明倒是向追命打量了一會兒，才笑道：「騙那些想得到『龍吟秘笈』的人來呀！」

辛氏兄弟板著臉孔道：「既是謠傳，我們已花費了太多的時候，就此別過。」返身就走，忽然白影一長，石幽明不知何時已落在他們的身前，笑吟吟的看著他倆，辛氏兄弟只覺背脊一寒，辛仇怒道：「石莊主，你要怎地？」辛殺道：「咱們

『勾魂奪魄』，未必怕了你這個石莊主！」

石幽明笑道：「好說，好說，你們來了就走，那有這麼簡單的事兒，我是好不容易才哄你們來的呀。」

追命只見眼前一花，石幽明便已不見，轉眼已竟在門前攔住「勾魂奪魄」，心知石幽明的武功，只怕已到了出神入化的境界，當下不動聲色，道：「石莊主行事，好叫我等大惑不解！」

石幽明笑道：「大惑不解麼？說來簡單，我們四個：大鵬愛吃人肉，辛十三娘十三天不喝人血便功力退減，霜妃每日需要吸血才能青春永駐，而我呢？我練成了一種功力，能專吸取別人的內功，收爲己用，現在我已吸了好幾百位武林同道的功力，差不多可算是武林內力第一高的人。我們需要這麼多武林人，當然需要出點新花樣哄騙他們來不可了。」

眾人不禁爲之齒冷，追命沉聲道：「原來這些案件，都是你主使的，我要抓你歸案。」

石幽明仰天大笑道：「歸案麼？你們根本就不是我的敵手，適才多謝你們替我殺了大鵬、十三娘和霜妃，免得我多費手腳。」

追命動容道：「什麼，你難道也想殺他們？」

石幽明淡淡笑道：「當然呀，等我到功力已臻天下第一之時，總不能帶著這幾個惡名昭彰的魔頭行走江湖的呀，所以我想殺了她們，再以大俠之名重出江湖：石幽明練成絕技為全莊報仇，殺盡武林魔頭，你們想想，這種盛舉，這般氣派，『大俠』二字，還不落在我石幽明頭上來麼？另方面我殺了她們，誰又知道石莊主幹過什麼事來？哈哈哈哈……」

殷乘風本來甚是仰慕「幽明山莊」莊主石幽明之名，而今見他談笑中竟如此卑鄙，不禁為之鄙薄不已，怒道：「石莊主，你做的如此卑劣的行為，還配走什麼江湖，稱什麼大俠？」

石幽明打量了殷乘風一會，並不震怒，只是有點驚訝地道：「哦？江湖上行走的人，不心狠手辣，怎能做出大事情來呢？其實武林中的大俠，大半是這樣，你不曉得嗎？那你如何行走江湖？」殷乘風一時為之啞然，無詞以對。

蔡玉丹憤恨得聲音也變了，指著石幽明道：「你……你，在我四年來惦著你，特關了絲綢店，來為你追察真凶，沒想到你竟作出如此獸行來！」

石幽明微笑道：「可不是嗎？我也等了你四年，你的功力渾厚，吸取你的功力，化爲我的，我必受益匪淺。朋友，尤其是好朋友，不止是用來殺的，還用來吸取功力，成全我大業功德的！」

蔡玉丹聽石幽明原來等了自己四年，爲的竟是騙自己來吸取功力，當下大怒，怒叱道：「石幽明，你不是人！別人趕來『幽明山莊』，爲的是替你報仇，你竟下此毒手……那莊上二十五人，全是你親人朋友，是不是全是你自己下手殺害的？……」

石幽明手撫長髯，道：「不錯，我找了個在莊上作客的，毀了他的容，作爲我的替死鬼。需知日後我復出江湖，功力已然天下第一，既是再世爲人，而且要當天下第一高手，莊裡的人，留下反而累事，不如殺掉，多吸引點人來……至於你說我恩將仇報，來的人我也沒殺他啊，我不過吸盡他們的功力，殺他們的人是要吸血和吃人肉的艷無憂、辛十三娘和大鵬呀……剛才你們殺他們時，我也不出手救助，這樣多麼公平，以後我重出江湖，便可說我石幽明練得奇技，爲朋友報了仇了。」

屈奔雷「啐」地吐了一口唾液，怒道：「既然如此，你要大家來給你吸取功力，還裝什麼神弄什麼鬼？」

石幽明輕笑道：「你真笨！武林中人，越是有神有鬼的地方，越令人好奇，而且來的人多是武林高人，方合我們的胃口。功力高的人，是越嚇越想來的，就好像你們一樣！」

眾人都知道此番被騙，伍彩雲仍不敢置信地問：「你就是他們所謂的……『大師兄』……」

石幽明笑道：「當然，這莊上現在除了我，還會有誰？」

蔡玉丹聽得此人便是大師兄，自己身中奇毒，劇痛如絞，而解藥又落在這樣一個佛口蛇心的人之手裡，知道是求藥也無用的了，當下怒道：「石幽明，你以為你自己武功有多高？當日之時，你只不過與我不分上下……」

石幽明打斷了他的話道：「玉丹師弟，你怎麼這麼食古不化！我引了一批又一批的武林高手來，一一吸去他們的功力，到了現在，只怕你連我三招都接不住呢……這位想必是名震天下的『江湖四大名捕』之追命……這位腰間插著斧頭，想必是關東的屈奔雷老兄……還有少林神僧，功力也高深……再加上玉丹弟你……哈哈……都很好……嘖嘖，都很好……吸取你們的功力後，只怕天下就沒幾人強得過我了……我石幽明再出江湖，成為天下第一人時，屆時江湖上人人都會說我內力宏異，沒料到是拜你們諸位所賜……哈哈……絕，絕，絕！」

殷乘風見這人殺親滅朋，已無人性，怒道：「你以爲你現在的功力有多高？你自信高得過『九大關刀』龍放嘯龍老英雄麼？」

石幽明從容地笑道：「現在不能，不過等我今日吸取了你們的功力後，未必就會輸給龍放嘯、司徒十二或曾白水。何況還會有許許多多，繼你們而送上門來的人呢！」

殷乘風大怒道：「此人貽害江湖，絕不可留！」「錚」地拔出寶劍，劍鋒輕顫不已。

那使雷公轟的大漢忽然道：「石幽明，我問你，我師父是不是你殺的？」

石幽明笑道：「你師父是誰？」

使雷公轟的大漢道：「『十絕追魂手』過之梗。」

石幽明想了一會兒，笑道：「哦，是過之梗麼，不錯，三年前我吸盡他的功力，他的功力還不錯嘛，你的怎樣？」

那使長鐵椎的大漢悲聲道：「我師父乃隨翁四先生等入莊，翁四先生乃爲你生死不明而來，你怎能殺死家師？」

石幽明搖首道：「凡入莊者，都得死，怎會有例外？連翁四先生的功力我也吸了，獨獨不吸你們師父，那也未免太看不起他了，太不當他是朋友了！」

那使雷公轟的大漢喃喃道：「他殺了師父……他殺了師父……」那使長錐的大漢猛地一聲斷喝，道：「我們給師父報仇啊！」揮動兵器，衝上前去，追命突地一攔，冷冷地看著石幽明道：「你為什麼要告訴我們這些？」

石幽明笑道：「因為你們活不長久了呀。」

追命冷冷道：「你要殺人滅口？」

石幽明淡淡道：「這個自然。」

殷乘風冷笑道：「你以為你一個人能殺得盡我們？」

石幽明反而訝然起來了：「當然呀，難道我會留一個活口，到處替我宣揚麼？」然後又補充道：「或許你們都不知道，我在殺人前，都喜歡說個明白的，這點玉丹弟想必記得。」

蔡玉丹全身痛若針刺，怒道：「記得個屁，我蔡玉丹有眼無珠，識錯了你！」

石幽明向蔡玉丹端詳了幾眼，笑道：「你受了傷麼？要先給我功力，才好去死呀。」

蔡玉丹怒道：「我寧願死，也不讓你吸去功力！」

石幽明微笑道：「那也由不得你。」

那使雷公轟的大漢怒叱道：「石幽明，你不要滿口由不得誰，今日不是你死便是我亡。」

石幽明抬目看了他一眼，笑道：「那只好你先死了。」忽然長身而起，全身輕飄飄的，一下子便到了那使雷公轟大漢的身前。

追命、屈奔雷本來對石幽明的動作，早有防備，一見有所異動，追命和屈奔雷已同時出手。

屈奔雷一斧當頭劈下。

追命身形不動，腳已踢出。

只是石幽明實在是太快了，石幽明未動的時候，屈奔雷和追命已然出手，但是石幽明一動，已然越過眾人，到了那使雷公轟的大漢身前，屈奔雷一斧劈空，收勢不住。追命一腳不中，情知不妙，借腳力一翻身，兜截石幽明。

石幽明一撲近那使雷公轟的大漢，那大漢一呆，雷公轟當頭劈下，石幽明一伸手便握住了他的手，仍微微地向他笑著，另一名使長鐵椎的大漢，見勢不妙，鐵椎「虎」地劃了一個椎花，直取石幽明的後心，石幽明也沒有回頭，便握住了鐵椎，向後一送，邊漫聲道：「還沒有輪到你呀。」

那使鐵椎的大漢便翻跌出丈遠，一頭撞在牆上，半晌爬不起來。

追命已撲至石幽明身後，猛見面對自己的那使雷公轟的大漢，臉色已由紅轉白，用力掙扎而漸發軟，追命知道不妙，石幽明正吸著這大漢的功力，當下一聲大吼，一腳踢向石幽明。

追命這一腳，踢出時是向石幽明的背脊，但他情知石幽明必能招架，所以腳勢一轉，踢的是足上的「跳環穴」，但將要命中時，突然又轉向，竟跳向石幽明的頭部！這三下改變真如羚羊掛角，無跡可尋，石幽明武功再高，也非得鬆手回身應戰不可。

沒料到石幽明依然沒有回頭，左手仍握著那使雷公轟的大漢的手，右手一反，便拍開追命的腿，剛好是拍向頸部的那一下，還順手把掌心一反，一股大力激湧而出，把追命撞跌四、五尺遠。

這時，「勾魂奪魄」知道這石幽明絕不好惹，又知道莊內並無「龍吟秘笈」，於是不管眾人拚命，乘機跑出廳外，豈料未抵門口，石幽明似背後長了眼睛一般，道：「怎能讓你們逃呢？」左手拇、食二指一彈，竟把雷公轟彈飛，「颼」地一聲，飛濺而出，其餘三個指，仍扣住那漢子的脈門，只見他五隻手指，越來越紅，紅得像血一般！

那十七、八斤重的雷公轟，被石幽明一彈之下，直襲辛氏兄弟，來勢之快，無以形容，辛氏兄弟閃躲不及，只好硬著頭皮，各自推出一掌硬接。

「蓬」地一聲，雷公轟被震飛，釘入石牆內，而辛氏兄弟居然被震回廳之中心，踉蹌不已，追命沉聲喝道：「今日誰要生還，只有同心協力，一齊拚命！」

石幽明忽然放下左手，右手扶住那已軟綿綿了的漢子，回身笑道：「對了，拚命就對了。」說著把漢子掄起，一面道：「可惜他的功力只這麼多。」「呼」地把那漢子向辛氏兄弟擲出，辛氏兄弟向左右忽閃，「砰」地一聲，那使雷公轟的大漢」身子撞在牆上，碎石滾滾而下，濺得一牆都是血，自然是沒命了。石幽明竟也嘆道：「可惜霜妃不在，這些血，多可惜呀。」

彩雲飛凝注著石幽明一雙似血一般通紅的手，忽然驚叫道：「你練的是『血手化功』魔法？」

殷乘風也訝然道：「相傳練這『血手化功』的人，都會死得極慘的，你……」

石幽明冷笑一聲，有點落寞，「那時我已是天下名俠，雖死得慘一些，但受後人敬仰，那又有什麼關係？」

屈奔雷怒極反笑，道：「敬仰？敬你媽的仰！」「虎」地一聲，飛斧脫手向石幽明飛去，殷乘風與彩雲飛也分一左一右，劍光晃動，急取石幽明。

石幽明仰天長笑，忽然一錯步，已搭住了那使鐵椎的大漢之手腕，空出來血一般的右手，一爪竟已把那旋轉中的飛斧硬生生抓住，吐氣揚聲，一連兩斧，封住殷乘風、伍彩雲的劍！

殷乘風、伍彩雲二人急退，只見劍上已被擊出了缺口，追命眼見那使長鐵椎的大漢又要遭毒手，大喝一聲，連人帶腿，以一個飛側踢，憑空飛起，直奔石幽明。

屈奔雷也大喝一聲，宛若雷鳴，虎撲向石幽明！石幽明眼見二人來勢洶洶，倒也不敢輕敵，一揚手，飛斧「噗」地飛出，掟向屈奔雷，右手一招，便憑空一推，一股極大的掌風，撞向追命。

屈奔雷前衝之勢，等於是向飛斧撲來，好個屈奔雷，百忙中已抓住斧柄，但仍被飛斧餘力撞出四、五尺遠，差點把樁不住。追命人在半空，狂飆突起，追命不敢硬碰，只好一提氣，全身有若一片樹葉般，隨勁風飄出丈遠，方才落地。

那使鐵椎的大漢漸漸臉色已由紅轉白，而石幽明的手更加透紅了，辛氏兄弟相顧一眼，忽然長身而起，以圖破瓦而逃！

石幽明冷哼一聲，右手奪過長鐵椎，「嗡」地一聲，飛扔而出！只見這支鐵椎憑空竟裂爲二，分襲辛氏兄弟，辛仇、辛殺眼見來勢奇快，閃躲不及，唯有以獨臂硬接，這一接之下，兩人飛出丈遠，虎口俱被震裂！

石幽明居然能把鐵椎震斷，飛襲兩大高手，不但把他們逼了下來，還幾乎要了他們的命，這份內力，已到了聳人聽聞的境界了。追命心知不妙，只怕這一次，大家都難以逃得過石幽明的一雙血手了。

「勾魂奪魄」兄弟，兩次逃遁不成，又受了微傷，這回真個動了真火，兩人怪叫一聲，各自發出一掌，追命在野店內見過辛氏兄弟的「斷臂奇功」，能借人之力反擊對方；石幽明內力高強，辛氏兄弟的「斷臂奇功」可能就是他的剋星，當下大喜，凝目以觀其變。

辛氏兄弟雙掌拍出，石幽明微微一笑，一掌推了出去，沒料到自己的掌力居然如泥牛入海，而突然之間，自己的掌力與對方二人的掌力，自那兩條斷臂上反襲了過去，石幽明恍然珍而惜之地笑道：「辛氏兄弟，斷臂奇功，名不虛傳！」

跟著又拍出一掌。

這一掌與石幽明本身的掌力，以及辛氏兄弟的掌力相碰，這次輪到辛氏兄弟大驚失色，原來掌力相接時，不但沒有發出蓬然巨響，而且了無聲息，反而緊緊黏在一起，甩也甩不去，這時那石幽明原先的掌力已然消失，反而是辛氏兄弟的內力被源源導出，兩人心裡一慌，知道這石幽明的功力，竟已到了能遙空施展「血手化功」魔法的境界了。

這時少林四僧紛紛大吼一聲，以「龍」、「虎」、「彪」、「豹」四種不同的掌力，直襲石幽明，石幽明笑道：「這個人已沒用了。」把那使鐵椎的大漢隨手一拋，竟撞向這四掌，可惜這大漢早已功力全失，怎堪少林四僧一擊，肝腦塗地，斃命當場。

同時間，「嗤」地一聲，蔡玉丹忍痛出手，金絲直襲石幽明的「曲池穴」。石幽明用拋出那使鐵椎的大漢之左手，拇、食二指一彈，把金絲彈開。追命大喝一聲，雙腳凌空踢至，石幽明長嘆一聲，道：「可惜我沒有第三隻手。」把吸辛氏兄弟的功力之手一收，還掌一擊，掌力一吐，又把追命送出丈餘遠。

如果石幽明已扣住辛仇或辛殺的身上任何一處，那辛氏兄弟這回是神仙難救了。幸虧的是石幽明只是遙吸二人功力，不得不撤手逼走追命，辛仇、辛殺趁機連忙抽手，只覺血氣浮動，身上的功力，竟去了一小半，更是驚駭莫名！

石幽明看著追命苦笑道：「看來你的武功最好，你是唯一能使我有點頭痛的。」

追命人已落地，給掌風撞得心頭發悶，亦不答話，取出腰間葫蘆，一連灌了半葫蘆的酒。石幽明笑道：「喝喝酒壯壯膽也是好的。」忽然對少林四僧道：「到你們了。」忽然飛撲而起。

追命大喝一聲道：「小心！」少林四僧已擺開攻勢，「龍」、「虎」、「彪」、「豹」四路拳法已襲向石幽明，石幽明衣袖捲飛「龍僧人」，一腳踢飛「虎僧人」，掌力一吐，迫走「豹僧人」，一反手，已拿住了「彪僧人」，「彪僧人」只覺體內真氣源源而出，竟全身酥麻，掙扎不得。

石幽明飛身奪人，不過是剎那間的工夫，同時間，屈奔雷、追命、殷乘風、彩雲飛、辛仇、辛殺六人，俱一掌劈出，石幽明另一隻手掌力一催，以一敵六，「崩」地一聲，六人被逼退七、八步，石幽明只晃了一晃，仍拿住「彪僧人」不放。

眾人入「幽明山莊」以來，所遇的敵人縱或高強，但絕不似這個石幽明，完全是真憑實技，以純厚的內力，擊退眾人，而且每次應敵時，另一隻手還擒住一人吸取功力，其武功之高，可想而知。追命知道自己幾人，難以與石幽明爲敵，心忖道：總得要人衝出這裡，把石幽明的劣行公諸於世啊，於是喊道：「能衝出去就衝，大家犯不著一齊送死，我來斷後！」

石幽明大笑，「彪僧人」臉色已然煞白，有氣無力。石幽明掌力一吐，又把第三次欲逃跑的辛氏兄弟，迫了下來。

蔡玉丹身中劇毒，全身猶如蟲行蟻走，十分痛苦，既想助群雄一臂之力，但又力不從心，看見「彪僧人」已雙眼翻白，凶多吉少，心裡對石幽明深痛惡絕，猛喝一聲，強提真氣，金絲又「嗤」地刺出。

石幽明真似背後長了眼睛似的，隨手一抓，已抓住金絲，另一手已放開了「彪僧人」，笑道：「你已沒用了。」竟抓住蔡玉丹的金絲，直插「彪僧人」的胸裡，蔡玉丹自然想抽回金絲，但怎及石幽明力道？「彪僧人」慘叫一聲，立時慘死！

「龍僧人」、「虎僧人」、「豹僧人」劇怒非常，紛紛襲向石幽明，石幽明大袍一捲，三僧幾乎閉過氣去，石幽明伸手一探，眼看又要擒住「虎僧人」之際，兩道劍光一閃，齊擊向石幽明，來勢奇快，石幽明只得一縮手，袖口仍被劃破了一道口子，正是殷乘風與伍彩雲。石幽明冷笑道：「好快的劍！」殷乘風、伍彩雲一招得手後，又要再攻，石幽明一掌拍出，又把兩人擊飛！以石幽明的一身高深無比的內力，只要他掌力一吐，任誰也近不了身，除非是先把他的雙手毀了，可是又有誰能毀得了石幽明的一雙血手呢！

追命又咕嚕地把葫蘆所剩下的酒，全都喝完了，石幽明不知道，這「江湖四大名捕」之一的追命，愈是喝酒，膽子愈大，拚勁愈狠，武功愈高！

石幽明擒「虎僧人」不著，忽覺手心一痛，原來他手中仍握著蔡玉丹的金絲，握著的掌肉竟都像被灼焦了，一陣焦辣之味，石幽明怒道：「你在絲上塗了什麼？」因石幽明知道蔡玉丹為人光明磊落，絕不會在兵器上淬毒，因此才抓住金絲，沒料到這金絲適才因綁在「血霜妃」的雙足，曾浸入「化骨池」內，毒力猶存，把石幽明的左手灼焦了。

石幽明大怒，竟把蔡玉丹扯了過來，因左手奇痛，只好用右手，抵住蔡玉丹的胸膛，一面怒道：「我本來想等最後才吸你的功力，你自己要來送死，怨不得我也！」

蔡玉丹本想避開，但全身又癢又痛，那裡還避得開，石幽明一掌印上了他的胸膛，只覺渾身混混沌沌的，所有的功力，都脫竅而出。

屈奔雷虎吼一聲，又奔了過來，石幽明以受傷的左手一推，屈奔雷擊出一拳，想要硬接。追命、殷乘風、伍彩雲等怕屈奔雷吃虧，及時出掌，辛氏兄弟見大家都已出手，也各以一掌推出，六大高手與石幽明第二度對掌。

「蓬！」六大高手依然退出七、八步，石幽明這次竟搖了搖，也退出了三步。原來他左手被「化骨池」池水灼傷，一時恢復不過來，功力大減，可是他右手依然抵在蔡玉丹的胸膛，源源吸取內力，毫不放鬆。

就在這時，遽變忽然而來，石幽明忽然鬆開了吸取蔡玉丹功力的手，臉色大變，顫聲道：「你……你……你體內中的是什麼？」眾人立時明白過來，原來蔡玉丹中了「搜羅神針」，劇毒無比，在血液裡、真力內潛伏，全身游走，痛苦無比，而今石幽明吸取蔡玉丹的功力，竟把他體內的毒，也吸入了一半，石幽明發覺時，已然遲了，全身如蛇噬獸嚙，知道中的是「搜羅神針」的毒，忙放開蔡五丹，伸手去掏解藥。

眾人聽艷無憂瀕死前說過，解藥「大師兄」也有，這石幽明便是「大師兄」，眾人怎能讓他掏得到解藥！另一方面，石幽明功力高深，中的雖是蔡玉丹體內已發作開來的毒，但份量不多，仍能挨上一個時辰，可是若無解藥，全身上下，難受到了頂點。

蔡玉丹被石幽明吸去了大部分功力，反而舒服了一些，見石幽明放開了自己，心中明白了七、八分，他離石幽明最近，猛地一翻，雙掌向石幽明胸膛擊出。

石幽明正急忙把右手伸到懷裡掏解藥，左手又受了傷，冷不防蔡玉丹反攻，左手一圈，封住蔡玉丹兩掌，但蔡玉丹使的是有名的「纏絲手」，一封一兜之下，雙掌「砰砰」二聲，擊在石幽明胸膛上！

石幽明的內力，是何等充沛，因一時不察，才被擊中，但蔡玉丹的武功，十已去其七，這兩掌，只令石幽明退了三步，石幽明勃然大怒，左掌一吐，已擊在蔡玉丹胸上，蔡玉丹慘叫一聲，立時便吐血身亡！

石幽明這一退，卻無疑是向少林三僧撞來，「龍僧人」、「虎僧人」、「豹僧人」恨石幽明已極，三掌同時向其背後擊來。石幽明因分心於蔡玉丹，左手應敵，右手尚在懷裡，身子致逼得往後瀉退以卸蔡玉丹之掌力，少林三僧這三掌，他是再也躲不開去了，「蓬蓬蓬」著了三掌。

少林三僧一擊得手，但覺如中朽木，原來石幽明雖躲不過去，但力貫背後，硬捱三掌，只覺血氣翻騰，五內衝擊，「搜羅神針」之毒力又蔓延了開來，再也顧不得掏藥，怒吼一聲，身形一轉，左右雙掌拍出。

「龍僧人」與「虎僧人」硬接了石幽明一記左掌，被震得向後退出丈二遠，而「豹僧人」根本接不下石幽明的那一記右掌，被擊得噴血而歿。

這時的石幽明，再也顧不得吸取功力，只求取得解藥，並把對方一一除去，追命等焉有不知此時乃最佳攻擊的機會？但六人才退出七、八步，都是電光石火的事，石幽明已著蔡玉丹兩掌，殺了蔡玉丹，又中了少林三僧三掌，更殺了「豹僧人」，這時六人方才衝近。

六人一齊衝近，突然四散，追命在石幽明正面，屈奔雷在石幽明後方，殷乘風與伍彩雲二人在石幽明右側，辛氏兄弟在石幽明的左側，這六大高手雖事前並無配合過，但不是身經百戰，便是天資聰敏之人，所以在這生死關頭配合得天衣無縫。

石幽明這時殺了「豹僧人」，心胸又一陣難受，三年來他殺了無數，沒一次這麼狼狽，所著的五掌並不算輕，雖有內力護著，仍使他血氣翻湧，突見眼前衣袂一閃，追命已在身前，石幽明知道這個人乃首號敵人，當下雙手一揚，欲求力取追命之命！

石幽明雙手甫揚，突覺左邊襲來兩道掌力，右邊掠起兩道劍風！

右邊的兩道劍風，直刺自己掌心穴與脈門。這乃是練穴之人的要穴，一被刺中，掌勁立破。石幽明是何許人也，血手如鐵，勁達五指，竟反手一抓，把兩把劍都盡抓住，但這一來，他的右手便無法攻擊追命！

左邊的兩道掌風，若石幽明手臂一起，左脅必被打中，石幽明只得把手臂一沉，硬接一掌，心料定可把敵人逼了出去。這一來，左臂也不及攻擊追命。

就在這時，追命忽然一抬腳，石幽明以為追命又要出腿，急一閃，但追命並不出腿，忽然張口一噴，千萬點酒雨，如暗器一般地射向石幽明的臉門。

這一招，當日追命對付無敵公子時也用過，如今是臨急生智，故技重施。石幽明左右雙手，正應付著殷乘風、伍彩雲及辛氏兄弟，閃躲不及，正欲往後退去，猛地覺得背後響起一道急風，竟是屈奔雷的斧頭，石幽明情知再退，必等於自動撞向飛斧，只好運起全力，硬受追命的千萬點酒雨！

一陣「噗噗噗噗」之聲，酒雨噴射在石幽明臉上，追命曾在野店內露過一手，以噴酒射穿屈奔雷的衣袖，而今石幽明聚力於臉上，並且及時閉著眼睛的，酒雨打在他的臉上，泛起了千百個紅點，雖沒有出血，卻也十分疼痛！

就在石幽明閉目之際，仍防著追命出手，追命兩腳突然踢出，卻不是攻向石幽明那裡，而是踢在石幽明腳脛骨之上。石幽明因雙目一閉，已看不見追命出腿，「格格」二聲，小腿骨乃人最脆弱的骨頭之一，立時折斷，痛入心脾。

就在石幽明一痛之際，幾件事同時發生了！

石幽明知道此事非用雙手不可，於是右手狠命一捏，可是這時屈奔雷的斧頭，已「噗」地劈入了石幽明的背上！

這時石幽明的雙腿已折，「格格」一聲，向下仆倒，但他的右手，已鬆開殷乘風、彩雲飛的劍，向後一拍，「砰」地擊在屈奔雷的小腹之上。

而在這時，石幽明因慌亂之中，不知左邊的敵人是誰，故早已出掌對付，但這兩人卻是辛氏兄弟，他倆用的正是「斷臂奇功」，石幽明的掌力，以及辛仇、辛殺的掌力，這時由辛氏兄弟的斷臂上反撞了回來。

石幽明因毒性發作，血氣翻撞，目不能睜，雙足折斷，背中一斧，所以不明就裡，只覺又有勁風撞來，左掌一翻，便待硬接，以為一定能把對方震得開去。

「轟」地一聲，這一來，石幽明便吃了大虧，他的左手因是灼傷，威力已然大減，而今等於是與自己的掌力相碰，互相消卸，但對辛仇、辛殺二人的掌力，卻已無力抵抗，「砰砰」一齊擊在左臂，石幽明的臂骨，便立時震斷！

石幽明一連斷了雙足一臂，痛得奇慘，而在這時，殷乘風、彩雲飛因石幽明右手一鬆，雙劍已抽了出來，可是石幽明在未鬆手前的用力一捏，已把彩雲飛的長劍捏得寸寸碎裂，殷乘風的功力雖比不上屈奔雷，卻在伍彩雲之上，石幽明用力一捏時，他也力貫劍身，這長劍雖已被捏得扭曲不堪，但畢竟仍沒有折斷，殷乘風順勢一劍，全插入了石幽明的右臂上。

石幽明發出了一聲驚天動地的慘叫，一剎那間，他已不知受了多少處傷，加上雙手雙足全傷，他猛睜開雙眼，沒料到追命又是一張口，又是一股酒泉噴出。

任何人口裡含著一口酒，一口噴完了，便沒有了，誰知道追命因嗜酒如命，卻因喝酒而練成絕技，把所有的酒，都貯藏在喉裡，可以一噴再噴，這一下，石幽明因急痛攻心，驟不及防，雙目甫睜，來不及閉上，只來得及力貫臉部，雙目登時被射盲！而臉上也變得像麻子一般，腥紅點點。

石幽明苦心設計「幽明山莊」，爲的只是稱霸武林，吸盡別人內力，成爲武林第一高人，而今雙目俱盲，滿臉傷痕，怎麼見人？石幽明又急又怒，一聲虎吼，震落屋瓦，竟豁出了性命，向後疾撞而去。

石幽明因手足俱重傷，竟聚集所有的勁力，以身子撞人，而在他背後的，正是「一斧鎮關東」屈奔雷！

屈奔雷接了石幽明那一掌，五臟俱裂，正欲吐血，若不是他內力高強，早已斃命，而今石幽明這下疾撞，他那裡能避得開，而在屈奔雷身旁，正是辛氏兄弟，這「勾魂奪魄」兄弟皆無受傷，理應可以出掌救屈奔雷，屈奔雷向辛氏兄弟看時，只見辛氏兄弟，臉色冷峻，竟幸災樂禍的作壁上觀，並不擬出手相救。

原來這辛氏兄弟，脾氣甚是孤僻，因廢了一臂，平生最恨別人譏笑他們，在幾場語言的衝突裡，屈奔雷曾罵過辛氏兄弟「陰陽怪氣」、「殘廢」，辛氏兄弟心胸極窄，立志報仇，因忌於屈奔雷功力，及追命神威，才不敢出手，而今見屈奔雷就要被石幽明所殺，正是求之不得，又怎會出手相助？

屈奔雷眼見石幽明已近，來勢奇速，閃避不及，把心一橫，索性學追命的奇招，猛地張口一噴，把胸中所積瘀血，都噴了在辛氏兄弟的臉上。

辛氏兄弟萬未料及屈奔雷竟以血噴向自己，閃避無及，被屈奔雷噴個正中！屈奔雷的內力雖遠不及追命，但也非同小可，辛仇和辛殺冷不防中了這一下，眼睛也痛得睜不開來，屈奔雷在這時忽然衝了過去，雙掌往二人的背心一推。

這一推，變成是辛仇和辛殺，迎向石幽明！

辛仇和辛殺，一聽風聲不對，已來不及摔開屈奔雷，只好用盡全力，兩掌推出，反撞石幽明。

辛氏兄弟的「斷臂奇功」雖然了得，但這次石幽明並非出掌，而是全身撞來，辛氏兄弟無從借取別人功力，只得硬接。

石幽明雙目已盲，不知背後的屈奔雷已換了辛氏兄弟的雙掌，仍舊向後全力撞出！

「蓬蓬」兩聲，辛仇、辛殺的兩隻手，全擊在石幽明的背上。

石幽明的來勢不止，「格格」二聲，辛氏兄弟的獨臂一齊被撞斷！石幽明的背後已「砰」地擊中辛殺，辛殺慘叫，往後倒飛，兩人倒退的餘勁，使屈奔雷推向二人背心的雙臂齊折，「砰」地辛氏兄弟又撞中屈奔雷，三人骨骼盡裂，一齊倒地而亡。

石幽明捱了四掌，哇地吐了一大口鮮血，但硬生生撞斃三人，內力之高，可想而知。但他撞在辛氏兄弟的身上，也不好過，因他背後正嵌了一柄利斧，這一撞之下，這柄斧頭幾乎大半都沒入了他的背肌中。

石幽明痛極慘呼，忽然兩道掌風迎頭壓下，正是少林寺的「龍僧人」與「虎僧人」。

「龍僧人」與「虎僧人」因接了石幽明的一記右掌，翻飛而出，而且「豹僧人」才給石幽明左掌一掌擊斃，這少林二僧十分痛心。同門情誼，使他們目眥盡裂，只求格斃石幽明，並無絲毫恐懼，因吃過石幽明的虧，這次出手，再也不打石幽明全身，而劈向石幽明之天靈蓋要穴！

石幽明身受重傷，但仍耳聽八方，知道有兩股掌力壓下，偏偏手足全傷，無法應戰，也閃不開去，知道已無法倖免，把心一橫，全力一聚真氣，竟似一枚彈丸似的，橫身而起，撞向少林二僧的頭部。

這種以身體作爲武器的打法，眾人是見所未見，聞所未聞，「拍拍」二聲，少林二僧，「龍僧人」的掌已拍在石幽明的臉上，「虎僧人」的掌也擊在石幽明的腹上。

但石幽明彈起之勢極強，二僧無法阻遏來勢，「格格」二聲，兩僧手臂俱斷，石幽明的頭撞中「龍僧人」的頭部，「龍僧人」登時頭骨碎裂，立時慘死！石幽明的雙膝，也同時頂中「虎僧人」的臉，「虎僧人」的臉部立時鮮血長流，也馬上斃命！

「砰！」石幽明跌回地上，又一連猛噴了三口血。

這幾場驚心動魄的血拚，不過是片刻的事，石幽明竟已搏殺了復仇二雄、少林四僧、蔡玉丹、辛仇、辛殺、屈奔雷等十大高手，若不是石幽明手足俱傷，或還有一手或一足，就不用以身子去撞殺諸人，以致受傷奇重，只怕就連追命、殷乘風、伍彩雲都得賠上性命。

現在大廳上只剩下追命、殷乘風、伍彩雲三人，屏息地看著地上的石幽明。這一場殘酷而恐怖的血拚，彩雲飛那曾見過？只嚇得緊閉雙目，再也不敢多看一眼。連殷乘風也覺得觸目驚心，就算是身經數百場大小戰役的追命，也覺得有點動魄驚心。

這時大廳都靜了下來，血，染遍了大廳，那七盞七星燈仍不住地搖晃。石幽明的全身，如他的一雙手一般，已分不清那裡是五官，那裡是血漿。

半晌，只聽石幽明喉嚨格格作響，好一會才掙扎出這樣的話來：「追命……還有那對青年……男女……我知道你們仍在那裡……追命……若不是你的酒……和那兩……腿你們才……才殺不……不了我……要不是那『搜羅……神針』的毒……你們……我……唉！」終於嚥下了最後一口氣。

追命這才長吁了一口氣，喃喃地道：「石幽明啊石幽明，你也怪不得人，『血霜妃』與你如此之好，但她有難你尚且不救，她的『搜羅神針』毒害了你的命也是天理循環而已。」

殷乘風也道：「石莊主啊石莊主，這都是你多作孽之故，蔡先生是你的好友，對你如此之好，你尚且要吸他的功力，所以給他體內毒力所傷，也是報應不爽。」

果然傳說不錯，學「血手化功」魔法的人，死時都是奇慘的，石幽明以為自己可爭得赫赫功名，屆時雖然死得慘一些，也必令人追念，不料惡有惡報，自己尚未出莊，一身功力，已歸徒然。

殷乘風更加知道，適才一戰中，若非追命以噴酒使石幽明閉目分神，自己的劍必難以插中石幽明的右臂，辛氏兄弟只怕也震不斷石幽明的左臂；若非追命踢斷石幽明雙足，又射盲他雙眼，屈奔雷那一斧，也絕劈他不中，那此刻陳屍於地的，是他們而不是石幽明了。

追命一聲長嘆，只覺適才離店時一行二十人，而今連同那些先行離去的武林中人，一共死了近四十人，只剩下自己三人，伍彩雲更覺得宛如一場噩夢，連想也不敢再想。

不過無論如何，這「幽明山莊」的案件畢竟是破了，莊內相傳的「鬼」，也已經「死」了。

追命拿起七星燈，把油傾盡，把燈湊點，不消一刻，便放了一把熊熊大火，在雪夜裡，把這邪惡的山莊燒個乾淨。

雪越下越大，雪花越來越白，似是以它的純淨，來洗盡、刷盡這世間上的一切罪惡。

雪地上有無數零亂的足印，通向現已火光熊熊的「幽明山莊」，但只有三行六隻足印，往來路行去。追命、殷乘風、彩雲飛三人，不住往回望，雪花飄揚，火光沖天，一紅一白，成了這雪夜中的奇景。

稿於一九七五年初
在台創辦「天狼星詩刊」前後
校於一九九〇年八月十七日
七人會於黃金屋談文學並出版《各位親愛

的父老叔伯兄弟姊妹們》及《大俠傳奇》第二部《公子襄》、第三部《傳奇中的大俠》

請續看第二部《毒手》

後記

逐一點亮七色的燈華

溫瑞安

《四大名捕會京師》總共有五個故事，即是：兇手、血手、毒手、玉手和會京師。這五個故事，都是我在一九七四年稍初到台灣，至一九七六年創辦「神州」詩社期間寫成的。這五個故事在香港《武俠世界》雜誌發表，很受讀者喜愛，後在台灣出版成書，也很受歡迎，奠定了我繼續寫武俠小說的基礎。七四至七六年間我首次離鄉背井，到台灣奮鬥創業，在羅斯福路三段和五段的居處，「四大名捕」故事開展在四方格裡愛恨情仇、殺戮溫柔，陪伴了我一段漫長的歲月。巧合的是，我在八一年初於台受到極大的創傷和委屈，輾轉到香港，再度投身到一個陌生的地方紮根、發展，「四大名捕」故事再一次伴我從英麗閣十樓至十五樓：向風望海，看陽光如何把銀光灑在蔚藍的海上，看夜晚來時城市如何逐一亮起悽色的燈華。這兩年多的日子裡，我寫了四大名捕故事的《碎夢刀》、《大陣仗》、《開謝花》、《談亭會》、《骷髏畫》、《逆水寒》等篇。

《四大名捕會京師》的五篇小說，大致上是我廿三年前的作品，八一年的時候，香港《明報》連載，之後星馬各地報章都刊登過。的確，「四大名捕」的故事，已變成了我武俠小說的代表性作品，不管溫瑞安、舒俠舞、溫涼玉或任何筆名發表都一樣。

我在香港武俠雜誌第一個系列發表的作品是《會京師》。在台灣第一次推出我的武俠小說單行本，是《會京師》。在武俠小說史中第一次以武俠文學名義出書的也是《會京師》。我在香港、大馬、新加坡第一部在報紙上連載的作品，也是《會京師》。在大陸第一本「登陸」且十分暢銷的武俠小說，也是《會京師》。第一部給香港及台灣電視台改編成武俠劇集的，也是《會京師》。

到目前爲止，手上有的會京師版本，至少有四十二種，其他風聞而手上未有實據者，則不計其數。目前，在台灣最新推出是風雲時代版，這是我最滿意的版本。

四大名捕故事出來之後，很多人都撰寫有關捕役的故事，而我自己，卻寫了一系列盜賊的故事，名爲七大寇。我相信，在黑白二道，都有正義人物；在正邪兩派，也含有大好大惡之徒。不過，四大名捕故事我還是會寫下去。凡是有罪惡、暴力、邪魔和冤屈的地方，就會出現四大名捕這種人物，爲民除害，主持正義。而我自己，在許多失望和絕望的時候，也同樣期許過、期許著。

稿於一九八四年二月十三日大年初十二人剛離台因苦受冤獄之劫，回到大馬美羅家裡，卻在過年時閱報，乍見自己相片刊在國際頭版，罪名是：「為中共宣傳」，並謂仍在臺服刑云云。驚弓之鳥。

校於一九九〇年九月廿五—廿六十年前此日的一個晚上，中秋前，我與社友正在看旅遊相片時，特務們如狼似虎衝進詩社，以荒誕之罪名把我和小方逮捕，且任意整治，開始渡過相當漫長失去自由但奮鬥到底的煎熬歲月。

再校於一九九七年八月初與何梁在澳門／有趣發現：自從濠江黑幫大火併、江湖大決鬥伊始年來，幾乎發生衝突、火併案子時際，我們均恰巧在當地（以前則從不來馬交），也是「江湖閒話」。

修訂於二〇〇四年三月初

香港無線公佈開拍《驚艷一槍》電視劇

風雲精選武俠經典　編為臥龍生精品集

欲罷不能的——臥龍生

臥龍生成功運用了還珠樓主的神禽異獸、靈丹妙藥、奇門陣法，鄭證因的幫會組織、獨門兵器，王度廬的悲劇俠情，朱貞木的奇詭佈局、眾女追男等，博采眾長而融於一體，開創了既具傳統風味又有新境界的新時期！

書目　25K 平裝　每冊定價240元

01. 飛燕驚龍（全四冊）
02. 玉釵盟（全四冊）
03. 風雨燕歸來（全四冊）
04. 天香飆（全四冊）
05. 絳雪玄霜（全四冊）
06. 飄花令（全四冊）
07. 雙鳳旗（全四冊）
08. 翠袖玉環（全四冊）
09. 金筆點龍記（全四冊）
10. 天龍甲（全四冊）
11. 金劍雕翎（全四冊）
12. 岳小釵（全四冊）
13. 神州豪俠傳（全四冊）
14. 春秋筆（全四冊）
15. 劍氣桃花（全四冊）

風雲精選武俠經典　編為經典版古龍精品集

永遠的經典——古龍

古龍的作品，以獨闢蹊徑的文字，寫石破天驚的故事
他與金庸、梁羽生被公認為當代武俠作家的三巨擘
為現代武俠小說重量級作家，將武俠文學推上了一個新的高峰

書目　25K 平裝　每冊定價240元

01. 多情劍客無情劍（全三冊）
02. 三少爺的劍（全二冊）
03. 絕代雙驕（全五冊）
04. 流星・蝴蝶・劍（全二冊）
05. 白玉老虎（全三冊）
06. 武林外史（全五冊）
07. 名劍風流（全四冊）
08. 陸小鳳傳奇（全六冊）
09. 楚留香新傳（全六冊）
10. 七種武器（全四冊）〔附《拳頭》〕
11. 邊城浪子（全三冊）
12. 天涯・明月・刀（全二冊）
〔附《飛刀・又見飛刀》〕
13. 蕭十一郎（全二冊）
〔附《劍・花・煙雨江南》〕
14. 火併蕭十一郎（全二冊）
15. 劍毒梅香（全三冊）
〔附新出土的《神君別傳》〕
16. 歡樂英雄（全三冊）
17. 大人物（全二冊）
18. 彩環曲（全一冊）
19. 九月鷹飛（全三冊）
20. 圓月彎刀（全三冊）
21. 大地飛鷹（全三冊）
22. 風鈴中的刀聲（全二冊）
23. 英雄無淚（全一冊）
24. 護花鈴（全三冊）
25. 絕不低頭（全一冊）
26. 碧血洗銀槍（全一冊）
27. 七星龍王（全一冊）
28. 血鸚鵡（全二冊）
29. 吸血蛾（全二冊）

古龍八十週年紀念版

古龍80週年限量紀念
刷金書衣收藏版

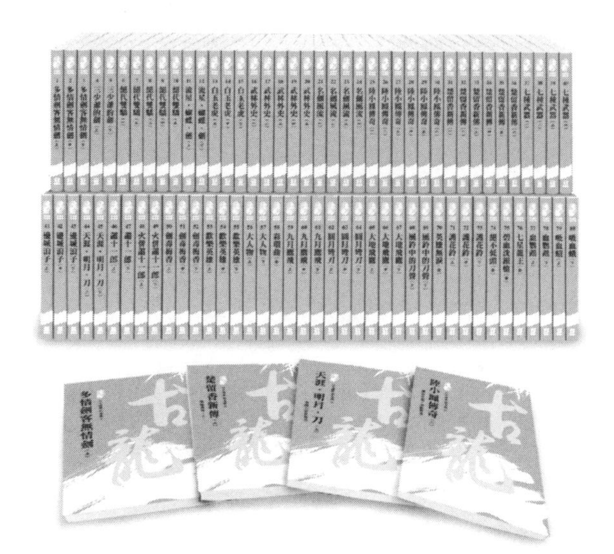

華人世界最知名的武俠作家之一 才氣縱橫的一代武俠宗師古龍
醞釀超越一甲子的武俠韻味　古龍八十週年回味大師靈氣

名家龔鵬程、南方朔、陳墨、覃賢茂、林保淳、葉洪生 專文導讀
著名學者林保淳、古龍長子鄭小龍、文學評論家陳曉林 誠心推薦

憑手中一枝筆享譽華人世界，作品改編影視風靡至今，古龍打動人心的根本點，在於對人性的細膩描寫。只要是人，就有人性。人性的光明面與陰暗面，細究之下都有故事。而武俠小說最強調的就是一種「有所不為，有所必為」的精神，一種奮戰到底，永不妥協的精神。這正是現今社會最易遺忘的。古龍八十週年，懷念古龍，也懷念那個時代的武林。

【武俠經典新版】四大名捕系列

四大名捕會京師(一)兇手·血手

作者：溫瑞安
發行人：陳曉林
出版所：風雲時代出版股份有限公司
地址：10576台北市民生東路五段178號7樓之3
電話：(02) 2756-0949
傳真：(02) 2765-3799
執行主編：劉宇青
美術設計：許惠芳
行銷企劃：林安莉
業務總監：張瑋鳳

初版日期：2021年03月新版一刷
版權授權：溫瑞安
ISBN：978-986-352-925-5
風雲書網：http://www.eastbooks.com.tw
官方部落格：http://eastbooks.pixnet.net/blog
Facebook：http://www.facebook.com/h7560949
E-mail：h7560949@ms15.hinet.net
劃撥帳號：12043291
戶名：風雲時代出版股份有限公司
風雲發行所：33373桃園市龜山區公西村2鄰復興街304巷96號
電話：(03) 318-1378
傳真：(03) 318-1378
法律顧問：永然法律事務所 李永然律師
北辰著作權事務所 蕭雄淋律師
行政院新聞局局版台業字第3595號 營利事業統一編號22759935
©2021 by Storm & Stress Publishing Co.Printed in Taiwan
◎ 如有缺頁或裝訂錯誤，請退回本社更換

定價：270元
版權所有 翻印必究

國家圖書館出版品預行編目資料

四大名捕會京師（一）／溫瑞安 著. -- 臺北市：風雲時代，2021.02- 冊；公分

ISBN 978-986-352-925-5（第1冊：平裝）

1.武俠小說

857.9 109019852